CATEGORIA

TEORIA DOS ROSTOS
© José Eduardo Alcázar, 2022
Todos os direitos desta edição reservados à Categoria Editora

Esta é uma obra de ficção, com personagens e situações de livre criação do autor. Não se refere a pessoas ou fatos concretos.

Administração: Bruno Vargas	**Diagramação:** Marcos Aurélio Pereira
Preparação: Everardo Leitão	**Revisão:** Maria Neves
Capa e projeto gráfico: Desenho Editorial	**Ilustrações:** Luísa Guarnieri
Coordenação editorial: Maria Neves	

Dados Internacionais de Catalogação na Publicação (CIP)
(Câmara Brasileira do Livro, SP, Brasil)

Alcázar, José Eduardo
  Teoria dos rostos / José Eduardo Alcázar. -- Brasília : Categoria Editora, 2022.
  ISBN 978-65-995940-1-4
  1. Ficção brasileira I. Título.

22-107771   CDD-B869

Índices para catálogo sistemático:
1. Literatura brasileira   B869
Maria Alice Ferreira - Bibliotecária - CRB-8/7964

[2022]
CATEGORIA

SHVP Rua 6 - Condomínio 274
Lote 27A - Loja 1 - Brasília - DF
CEP 72006-600
www.categoriaeditora.com.br

Àqueles que perderam à força a comunhão com a Terra.

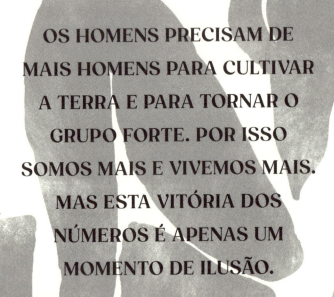

OS HOMENS PRECISAM DE MAIS HOMENS PARA CULTIVAR A TERRA E PARA TORNAR O GRUPO FORTE. POR ISSO SOMOS MAIS E VIVEMOS MAIS. MAS ESTA VITÓRIA DOS NÚMEROS É APENAS UM MOMENTO DE ILUSÃO.

FERNANDO CESARMAN, *Ecocidio: la destrucción del medio ambiente*

— *A propósito, quero assistir a um nascimento de risco.*
Ugarte surpreendeu-se com o pedido:
— *Um nascimento de risco?*
— *Foi o que pedi.*
Ugarte estava confuso:
— *Assistir a um nascimento de risco, com que propósito?*
— *Curiosidade.*
— *Curiosidade mórbida, se me permite. Esses nascimentos são sempre incertos, nunca se sabe o que se vai achar. Muitas vezes são pedaços do corpo apenas, às vezes se desmancham aos gritos. É terrível.*
— *Quero assistir a um, pode arranjar?*
— *Tem certeza que vai aguentar?*
— *Tenho.*
— *Mas não quero que escreva sobre isso.*
— *Claro que não.*

. . .

Estavam numa galeria, a cento e trinta metros de profundidade, a pouco menos de um quilômetro da boca vertical. O veio fora descoberto semanas antes e já produzira resultados excelentes: mais de cinquenta machos e fêmeas, em proporções equilibradas, todos sadios, fortes, bem formados. Com o aprofundamento da galeria, surgiram indicações da existência de outro veio, tão promissor quanto o anterior. Os primeiros exames de sondagem sugeriam um veio protegido por calcita e com muita argila. De saída colocava-se um problema técnico: a necessidade de escorar toda a área para evitar desmoronamentos. Surgia também uma preocupação: a presença de argila abundante indicava um veio ainda em formação com fetos não maduros. Havia, é verdade, alguns precedentes de outros com o mesmo teor de argila e calcita que, no entanto, tinham se mostrado plenamente desenvolvidos, mas as evidências apontavam para nascimentos com risco. Em outras circunstâncias, em outros tempos, o veio teria sido deixado de lado, para sua plena maturação, mas a época era de crise, de escassez, e, apesar das incertezas, resolveu-se tentar chegar a ele e jogar com a sorte.

. . .

– Tem fogo perto do avião – gritou o peão que chegava a galope e antes de bridar com rispidez o cavalo, um tordilho, que tinha os olhos salientes pelo esforço.

Ugarte, em pé a poucos metros do jipe, olhou para o sul, na direção da pista de pouso da fazenda. Depois, olhou para o índio. Tadeu seguiu o olhar de Ugarte. Procurava entender. Estavam num dos potreiros da propriedade, uma porção de terra desmatada e aramada que chegava até os limites da floresta. O pasto alto, amarelado pela falta de chuva, aguardava o lote de animais que viria pastar pelo prazo de dez dias até exaurir a grama. Ao cabo de dez dias, o gado seria levado a terras descansadas e pasto crescido. A uns quinhentos metros, corria a cerca de arame farpado que fazia o perímetro do potreiro. Depois da cerca e ao pé da cerca, começava um pedaço intocado de floresta, como um muro verde, escuro, denso. Além das árvores altas, que se mostravam compactas como se quisessem afirmar uma tácita solidariedade vegetal, a coluna espessa de fumaça branca subia com força, ganhava o céu nebuloso e uniforme da tarde.

– Puta merda – soltou Ugarte.

– O fogo disparou, patrão – disse o peão que montava o cavalo.

– Tem alguém lá na pista?

O capataz, ao lado, fez as contas do pessoal no campo:

– Tem não. Tem uma quadrilha combatendo o fogo nos potreiros e tem outra na aguada norte. O resto tão tocando a boiada.

– Vamos tirar o avião. Você volta pros homens.

O vaqueiro montado no tordilho bancou na rédea e saiu a galope em direção ao sul.

– A gente corta caminho rodeando o capão – disse o capataz e se colocou entre Ugarte e o índio.

– Puta merda – disse Ugarte.

Virou, aproximou-se do índio, cuspiu nele, deu-lhe um murro na cabeça, por trás. O índio, que tinha as mãos amarradas, presas nas costas, moveu-se com o murro. Deu um tranco para frente, pareceu tropeçar.

– Vamos sair daqui – resmungou Ugarte e chutou as pernas do índio, que ameaçou cair.

– Porra – disse Tadeu, como se quisesse reclamar, e passou a mão esquerda pelos cabelos finos da cabeça, que estavam molhados de suor.

– Deixa o bugre com a gente, patrão – pediu o capataz.

– Ele vai comigo – disse Ugarte e empurrou o índio na direção do jipe.

– Ele ficava melhor com a gente – disse o capataz numa voz baixa que não pretendia esconder nada e queria mostrar um ódio surdo.

Ugarte era corpulento e gordo. Estava com uma parte da camisa para fora da calça; a barriga mostrava-se branca, sobressaindo da calça e se derramando como uma língua indecente por cima do cinto. Foi empurrando o índio até o jipe. Empurrava com o peito, com a barriga, com os braços, que pareciam curtos para as dimensões do corpo. Enquanto empurrava, dava tapas e murros no corpo e na cabeça do índio.

Levantou o índio sobre a carroceria do jipe. O índio caiu dentro da boleia. Ficou estendido no assoalho, atrás dos dois assentos da frente, com as pernas dobradas. Ugarte deu outro murro, depois pulou para sentar ao volante. Tadeu sentou no assento ao lado. O capataz, que tinha que conduzir o jipe de volta, sentou no banco de trás, os pés espetados nas costas do índio.

O incêndio estava fora de controle. Como os outros que aconteciam na estação sem chuvas, este tinha surgido do nada ou assim parecia.

– Uma chuva rápida dava conta do fogo – disse o capataz quando o jipe arrancou.

– Mas não tem chuva, nem rápida, nem demorada. Não tem chuva – disse Ugarte, acelerando o jipe com raiva.

O fogo era o grande inimigo na época das secas. A floresta tinha perdido a batalha para os campos abertos, próprios para o agronegócio, gado, soja, e qualquer fagulha, natural ou muitas vezes provocada, era capaz de iniciar a tragédia que devorava tudo e todos, até o fim. O fogo entrava pela floresta, invadia a mata virgem, queimava as árvores de setenta metros de altura, calcinava as castanheiras, as araputangas, fazia arder o mansadil de tronco cascudo, metia-se nos abieiros e nas sapotas, enegrecia os troncos de cortiça lisa e os galhos ásperos, habitados por uma infinidade de insetos, ardia os brotos de uiqué, a folhagem úmida e as raízes, que se estendiam como tentáculos silenciosos pelo chão, pelos lados da terra.

O fogo podia durar dias. O cheiro irritante e monótono de madeira queimada saturava o ar. O odor sobrevivia ao fogo. De certa maneira, mantinha a atenção de todos, pois era não apenas uma lembrança viva do inferno como também uma indicação de que podia voltar a qualquer momento. Com o tempo, o cheiro forte ficava adocicado, depois desaparecia.

À noite, o incêndio era um espetáculo assustador. De longe, podia-se vê-lo como um poente fora de hora ou como uma aurora antes do tempo. De perto, cegava qualquer olhar, apesar da noite em volta.

Não havia como deter um incêndio nos meses de seca. Mas, na fazenda, nesta e nas outras, ninguém ficava de braços cruzados para assistir à destruição das árvores e, sobretudo, à queima dos pastos. Todos os braços se apresentavam e davam combate ao inimigo: criavam barreiras na terra, desmatavam às pressas para cortar o caminho provável das chamas. No pasto, os animais soltos eram tocados pelos vaqueiros. Formava-se a boiada e ela deitava a correr numa nuvem branda de poeira. A boiada fugia das labaredas e punha-se ao abrigo do fogo num pedaço de pasto intocado.

Às vezes não adiantava muita coisa. O incêndio se inventava na retaguarda da boiada, ressurgia por trás do gado e dos vaqueiros. Repetia-se a carreira de todos à procura de terras seguras. Homens e animais buscavam na paisagem coberta pela fumaça o lugar da salvação. Não tinha jeito: o fogo os encontrava novamente, queimava bem perto e os punha para fugir uma vez mais.

O fogo aparecia sem dar aviso, instigado por uma fagulha quase invisível que o vento carregava. A fagulha caía no chão, desaparecia no pasto e parecia se esquecer. Mas era arte silenciosa para revigorar, atiçar a chama e voltar a queimar com força.

Os vaqueiros, capazes de enxergar de longe os primeiros sinais de fogo, viam os traços de fumaça subirem do pasto alto, como colunas estreitas, bem antes que o gado se alarmasse com elas. Quando chegavam para tocar o gado, os bichos pastavam alheios ao perigo. Levantavam a cabeça, olhavam sem entender: um ou outro mugia. Talvez se incomodassem com as idas e vindas dos vaqueiros, com os gritos dos vaqueiros que queriam empurrá-los, às carreiras e sem descanso.

Acontecia de o fogo encurralar uma parte da boiada. Aí era um salve-se quem puder. Os vaqueiros tinham que fugir. Passavam a galope, apertados entre as paredes de fogo e fumaça prontas para fecharem o caminho. Quando passavam, sentiam o calor queimar-lhes a cara, as mãos, os braços, o peito por dentro. Fechavam os olhos para que não ardessem com o calor do ar. O que ficava para trás, ficava para trás. Era só esperar e, quem sabe, ver desaparecer no fogo.

Às vezes um animal que tinha ficado para trás e que estava cercado atirava-se desesperado de encontro à barreira de chamas. Intuía que por trás dela havia o ar livre e a vida. O animal cruzava a parede em disparada. Aparecia do outro lado, pegando fogo, na carne, no pelo. O couro esfumava e pequenas labaredas caíam de partes do corpo. O bicho corria desesperado de dor e mais corria, e mais esfumava, e mais atiçava o fogo, que pouco a pouco o tomava por inteiro, lhe minava as forças e o derrubava, a apenas metros da muralha de chamas que ele havia transposto e que se movia de forma inexorável e que soprava em sua direção. O fogo se aproximava vitorioso para acabar de vez com o bicho. Não tinha jeito.

– Patrão, vamos precisar de vacinas esta semana – disse o capataz, segurando com vigor as laterais do jipe enquanto mantinha os pés cravados nos costados do índio.

– Já acabou o estoque?
– Acabou.
– Porra, cês tão vacinando com raiva.
O capataz não respondeu. Esforçava-se para se manter no assento.
– Tem que vacinar nesta época? – perguntou Tadeu, como se quisesse entrar em assunto.
– Agora, o negócio é o fogo – disse Ugarte, brusco.
Ugarte e Tadeu tinham chegado à fazenda pela manhã para ver o tamanho do incêndio.
Havia fogo nas outras fazendas, mas, por milagre, até então as terras da São Pedro tinham sido poupadas e a época das chuvas estava para começar. As primeiras águas caíam sobre as terras do norte e em pouco mais chegariam para molhar pastos e floresta.
Na noite da véspera, Ugarte recebera a notícia do fogo em São Pedro.
Os peões encontraram o índio às margens de um igarapé. O índio estava só. Tinha um maço de cigarros pela metade e uma caixa de fósforos. Não disse nada quando os homens chegaram perto dele e chutaram suas costas. Não disse nada quando os homens apertaram o laço em volta do pescoço para puxá-lo até a sede da fazenda onde estava o patrão, que acabava de chegar.
Ugarte conduzia o jipe em alta velocidade. Queria chegar à pista antes das chamas.
Pelas frestas abertas na floresta ao longo do caminho de terra batida, dava para ver o descontrole do fogo. A fumaça estava por toda parte, o cheiro de madeira queimada grudava no ar e espetava os olhos e a garganta. As colunas mais densas de fumaça subiam de pontos específicos.
O jipe pulava e era difícil controlar a direção. Ugarte mantinha as duas mãos no volante. Pisava no acelerador. Pisava forte no freio quando percebia à frente um acidente de terreno maior que ameaçava virar o jipe. O jipe deslizava na superfície de terra branca, pulava por segundos como um potro sem governo, depois continuava o caminho.

Tadeu, sentado no assento ao lado, mantinha as duas mãos firmes na barra de apoio do painel. Sentia o corpo voar e cair pesado a cada solavanco. Olhou para trás. O capataz mantinha o equilíbrio com as mãos grossas presas às duas extremidades laterais da carroceria e os pés sobre o índio.

Estavam agora em campo aberto e podiam ver às claras as colunas de fumaça que subiam da pista de pouso.

Viraram à direita, passaram debaixo do que restava da porteira que levava à pista. A porteira era mantida fechada para não permitir a entrada de animais na pista. Não havia mais porteira. O fogo tinha passado, acabara com ela e já queimava as estacas de madeira que mantinham a cerca de arame farpado.

Entraram na pista. O fogo queimava a poucos metros das duas laterais onde o pasto era mais alto. Correram pela pista para chegar ao avião, que estava na outra extremidade. Ugarte brecou o jipe, que deslizou de lado na terra coberta de palha.

Ugarte e Tadeu pularam para fora do veículo. O capataz ficou, pisando o índio.

O fogo se inclinava sobre a pista. Em contato com o pasto seco, parecia respirar com fúria. Levantava chamas, que rodopiavam no ar por segundos e desapareciam. Sumiam, engolidas por nada. Mas logo apareciam outros pilares de fogo. Subiam do chão com raiva, enchiam-se de força, rodopiavam e também desapareciam, como se a respiração do fogo se consumisse a cada instante. As chamas projetavam uma infinidade de partículas, pedaços de grama, fiapos de árvores, galhos, folhas, gravetos, palha, lascas de madeira, que fugiam em redemoinhos súbitos e imprevisíveis. O ruído era ensurdecedor. Era como se mil pequenos pedaços de algo que estalava estivessem rompendo ou acabando sem nunca terminar. A fumaça surgia no alto das chamas, subia empurrada pelo calor. Uma parte virava nuvem que encobria o sol. Outra chegava a certa altura, parecia hesitar, fazia as vontades do vento, virava e caía na direção do solo. Varria a terra queimada em golfadas sucessivas.

A tormenta de calor avançava. O nariz do avião apontava na direção das chamas. O fogo se mostrava no vidro da cabina.

Ugarte olhou o avião. Depois, virou e olhou na direção da pista. Pela expressão do rosto, já havia tomado a decisão de decolar. O Bonanza era um bem precioso e não tinha vontade de perdê-lo.

O fogo avançava pela pista e vinha na direção deles.

– Você está louco – disse Tadeu, que adivinhava os pensamentos do outro.

Ugarte não respondeu. Olhava o avião. Depois, caminhou até o jipe, puxou o índio para fora. Segurava pelo braço o índio, que continuava com as duas mãos amarradas nas costas. Olhava para o chão. Parecia alheio a tudo.

Ugarte voltou a olhar a pista e calculava o tamanho de terreno que havia antes da barreira de fogo: uns quatrocentos metros. O avião estava leve, com pouca gasolina, e poderia voar antes de chegar ao fogo. Se conseguisse levantar o nariz do avião, conseguiria passar por cima das chamas mais altas. Talvez ficassem chamuscados. Era possível que uma língua de fogo os atingisse. Era muito provável que o ar quente do incêndio tirasse a sustentação das asas. Teria que manter o avião no braço, controlar a tremedeira das asas, empurrar o manche, baixar o nariz levemente, passar rente ao fogo ou mesmo por dentro dele. Voariam no meio do inferno por alguns segundos. Poderiam explodir ou então poderiam perder a sustentação de vez. Cairiam no meio dos troncos em brasa. Estariam misturados à terra calcinada. Não daria para sentir nada. Ou talvez desse para sentir um longo susto desesperado. Ugarte sorriu. Disse:

– Não vou esperar o fogo acalmar na cabeceira.

– Você está louco – repetiu Tadeu.

– Devo estar mesmo, mas, se não decolar, vou perder o avião.

Olhou em volta. As colunas de fumaça espessa encobriam diversos focos de incêndio. As chamas se manifestavam por entre a fumaça. Ugarte gritou para o capataz:

– Vá embora, leve o jipe antes que seja tarde.

O capataz obedeceu.

– Você está louco – repetiu Tadeu mais uma vez.

– Você está todo cagado. Suba no avião se não quiser fritar como um porco.

Empurrou Tadeu para um lado. Tadeu deixou-se empurrar. Viu que o jipe sumia numa nuvem de poeira.

Ugarte aproximou-se do índio. Deu-lhe um murro na parte de cima da cabeça, e o outro abaixou-se mais ainda. Depois, caminhou para ficar por trás. Puxou o revólver que estava preso a um lado da cintura, seguro pela pressão do cinto. Empurrou o índio e o deixou de costas a uns dois metros de onde ele mesmo estava. O índio continuava cabisbaixo e parecia não se importar com o calor que o fogo soprava. Ugarte levantou a arma e disparou. Não levantou a arma para fazer mira: levantou o revólver e atirou no corpo, que caiu ao chão como se tivesse combinado antes que cairia ao chão depois de levar um tiro. O índio caiu de bruços, ficou com a boca colada na terra. Estava quieto, mas, por algum motivo, Tadeu não acreditava que estivesse morto. Ugarte aproximou-se por cima. Encostou o cano do revólver na cabeça do índio, tocou a parte de trás da cabeça com o cano. Depois, recuou a arma alguns centímetros e disparou. A cabeça do índio pareceu explodir por dentro, e o corpo animou-se em uma convulsão seca pelo impacto do tiro.

– Porra – gritou Tadeu, mas Ugarte já estava a seu lado e o empurrava para cima da asa do avião. – Porra – repetiu Tadeu e não sabia que mais dizer.

– Porra, digo eu. Se não subir e entrar no avião, deixo você torrando igual ao índio, porra.

Ugarte subiu na asa e estendeu a mão para ajudar Tadeu a subir. Tadeu subiu. Ugarte abriu a porta do Bonanza. Enfiou-se dentro. Olhou para Tadeu, paralisado, em pé, sobre a asa. Ugarte gritou:

– Se não entrar, fecho a porta e decolo sem você.

Tadeu abaixou-se, entrou na cabina estreita. Parecia um sonâmbulo; seus movimentos eram lentos e automáticos.

Ugarte virou o motor de arranque. A hélice girou três vezes. O motor pegou, engasgou, parou. Ugarte tentou mais uma vez. O motor engasgou, mas logo depois se soltou com força. Ugarte aumentou as revoluções do motor. Não havia muito tempo. Abaixou os *flaps* para a decolagem, checou os magnetos, ligou a bomba de combustível. Olhou a pista que tinha à frente. Posicionou o avião e empurrou o acelerador ao máximo e soltou os freios. O Bonanza deu um pulo e começou a correr. A parede de fogo e fumaça se aproximava.

– Não respire – gritou Ugarte por sobre o ronco do motor.

Tadeu prendeu a respiração, sentiu a fumaça entrar e queimar-lhe os olhos.

Não dava para ver nada. O avião atropelava a nuvem, que custava a dissolver-se pela ação da hélice.

De repente uma torre de fogo explodiu à frente, a poucos metros do nariz do avião. Apareceu num clarão brusco e o avião corria agora dentro das chamas. Assim como surgiu, o fogo desapareceu, de repente.

O avião soltou-se do solo e começou a voar. Ugarte puxou o manche, buscando firmar-se no ar. A cigarra, que indica a perda de sustentação, pôs-se a tocar. Uma corrente de ar quente socou para o alto. A cigarra parou de soar. Voavam entre colunas de fumaça e pedaços de incêndio. Ugarte abaixou o nariz do avião para negociar a sustentação difícil. O avião pareceu voar mais confiado. Ugarte tossiu e disse:

– Puta que pariu. Conseguimos.

Tadeu também tossiu e disse:

– Você matou o índio.

Ugarte mantinha as mãos crispadas no manche e falava aos berros, como se tivesse medo de não ser ouvido no meio do barulho que fazia o motor:

– O índio ia morrer de qualquer maneira. Aqui ou quando chegássemos. O filho da puta estava em minhas terras. O filho da puta começou a queimada.

Tadeu virou para ele:

– Você não sabe.

Ugarte olhava o painel de instrumentos do Bonanza. Disse, gritando e sem se voltar:

– Eu sei, você sabe, nós sabemos, tá bom? E se ele estivesse conosco, o avião não decolava pelo peso. Está morto e não vai sentir nenhuma dor quando queimar – Ugarte levou a mão suada a um dos manetes para mudar o passo da hélice.

– O primeiro tiro não matou ele.

– Não sei. Como você sabe?

– Me pareceu que não estava morto, parecia que estava fingindo.

– Fingindo? Porra, acertei a coluna vertebral do bugre, e você acha que ele estava fingindo?

– Não vi onde o tiro acertou.

Ugarte voltou a olhar para o painel do avião. Com a mão direita desligou a bomba auxiliar de combustível.

– Foi na coluna, no meio das costas, na linha dos cotovelos. Tenho boa pontaria.

– E o tiro na cabeça?

– Que tem o tiro na cabeça? – perguntou, sempre aos gritos, enquanto afinava o giro do motor. Depois disse, sem desviar os olhos do tacômetro: – É o tiro de misericórdia. Dá-se o tiro pelas dúvidas, no caso do cara ainda estar vivo. Dá-se o tiro na cabeça ou na nuca. Eu prefiro a cabeça, é mais abrangente.

Tadeu parecia assustado. Disse:

– O cara estava vivo, o corpo teve uma convulsão.

– Pode ser, mas agora está morto.

– Porra.

Tadeu olhou para fora. O avião ganhava altitude sobre os pastos escurecidos pelo fogo, voava por cima dos perfis mudos das árvores enegrecidas que permaneciam em pé e pareciam espetadas nas cinzas. O avião subia apoiado no ar quente e pouco estável da tarde. Era como passar por uma estrada esburacada.

Ugarte virou a proa para pegar o rumo noroeste. Embaixo, a floresta, que voltava a se compactar longe do incêndio, passava e sumia sob as asas do avião. Em alguns pontos, pequenas colunas de fumaça subiam e se esgarçavam logo em seguida. No horizonte, pelo lado esquerdo do avião, o céu perdia a coloração leitosa e pegava uma cor mais acinzentada. Algumas nuvens em forma de lentilha se mostravam recortadas e achatadas contra o fundo escuro. Ugarte olhou na direção delas e disse:

– Aquilo é chuva na certa. – Consultou o relógio. – Em meia hora estamos em casa.

· · ·

O repórter e o médico caminham pelos corredores do hospital até o quarto onde está o velho.
– Obrigado por ter me chamado. Como está ele?
O médico responde:
– Passou uma noite tranquila. Eu diria que o quadro é estável, por agora. É um homem muito, muito velho...
– Mais de cem anos?
– É muito provável que sim. Ele mesmo não sabe ou não diz.
– Está consciente?
– De certa forma, sim. Responde a estímulos primários, à luz, à dor. Permanece calado durante horas, dias, e então, de repente, se põe a falar e pode falar por horas ou mesmo dias seguidos. Sempre a mesma história, o mesmo relato, algo que chega do mais profundo da memória. Consciente ele está, mas não posso dizer como é essa consciência. Me parece que há um sentimento de culpa muito grande e talvez seja isso que o mantém vivo.
– Acha mesmo que um sentimento de culpa possa manter alguém com vida?
– É apenas uma hipótese. Qual é seu interesse no caso?
– Não sei ainda, não sei nem se é o mesmo homem.
– ... é um Maskoi.
– Diga, doutor, por que não o trataram como indigente? Afinal, o senhor disse que ele foi achado sem nenhuma documentação, já nos limites da cidade.
– Não sei dizer. São medidas administrativas que fogem a minha alçada. Sei que estamos com alguma disponibilidade. Talvez seja por isso?
– Certamente é por isso.
O repórter olha para o velho, que está deitado.
– Senhor?

O repórter espera uma resposta que não vem. Olha para o lado, para o médico. Este lhe devolve o olhar e volta de novo a cabeça na direção do velho.

O médico diz:

– É como eu disse.

– Eu espero...

. . .´

A cadela estava no cio e os machos não lhe davam trégua. Em pé, à porta do armazém, Maira olhava Branquinha, que se deixava montar por um vira-lata gordote, de pelo marrom e ralo, focinho afiado, orelhas mordidas, rabo curto. Era feio e forte. Os outros machos, em volta, esperavam a vez. Tinham a língua de fora, a respiração ofegante. A tensão era visível, o cansaço aparente. Branquinha, as patas firmadas no chão de terra, parecia resignada enquanto o bruto que a cobria ia e vinha sobre ela, em golpes secos e rápidos.

Maira olhava a cena, que acontecia na rua, a poucos metros da porta do armazém.

Fazia calor, o ar pesava, não se mexia. Os odores que chegavam da rua sem calçamento, das águas do rio, que margeava o barranco a poucos metros de distância, os odores que chegavam da floresta infinita e compacta, visível na margem oposta do rio e presente em volta da cidade de Moires, se juntavam e se confundiam como se fossem uma só essência indissolúvel, composta por elementos diversos. O perfume, atado e plural, era um sinal claro de que o tempo estava para mudar. No céu, as nuvens não tinham aparecido ainda. Na rua, a poeira, os pequenos véus, que surgia quando alguém passava, não sumia em seguida, ficava suspensa, à toa. Também era um sinal de virada do tempo.

No ar parado da tarde, soaram dois estampidos.

– Calibre 38 – murmurou Maira.

– A senhora tem certeza?

Maira virou-se assustada. O velho Tenório, o empregado mestiço, chegara do fundo do armazém sem se fazer notar. Maira sorriu e pareceu aliviada.

– Tenho certeza.

Um novo estampido, um momento de silêncio, mais dois estampidos.

– Epa! A coisa parece feia.

– Polícia?

– Deve ser polícia. Eles usam o 38.
– Quando vinha pra cá, não deu para passar pela praça da Prefeitura. Havia uma aglomeração grande, os ânimos estavam exaltados. Tive que desviar – disse Tenório.
Maira meteu-se para dentro do armazém. Era uma mulher de estatura pequena. Os cabelos negros, de fios finos, estavam recolhidos na parte de trás da cabeça. O rosto era anguloso. Os pômulos faziam um contraponto com a cavidade ocular, que aparentava ser mais pronunciada pelos dois olhos negros que brilhavam no fundo. O nariz reto surgia natural da branda confluência dos olhos e se esquecia com suave graça sobre os lábios pequenos, que podiam se alargar inesperadamente nos raros sorrisos de felicidade que Maira se permitia.

No armazém, a luz contagiava os objetos que se espalhavam pelo interior. À parte da frente, chegava o rojão do meio-dia: a luz forte que entrava pela porta escancarada se jogava sobre as sacas de juta, que continham gêneros a granel, arroz, farinha, feijão, mandioca, milho, e que estavam postas sobre estrados de madeira escura. A luz entrava com força, mas de viés, recortava com precisão o volume das sacas e desenhava as dobras ásperas que se inventavam no tecido. Para além desse ponto, a luz perdia seu viço, esgueirava-se com maior ou menor facilidade por entre as diferentes prateleiras, algumas robustas e altas até o teto, outras entortadas e mais baixas.

As prateleiras exibiam gêneros alimentícios, latas de conservas, de palmito, de atum, de sardinha, de molhos de tomate, de carnes, de azeites, de doces: marmeladas, goiabadas, pêssegos em calda. Garrafas com vinagres, vidros de pimenta e demais temperos enfileiravam-se ao lado, empoeirados, não tanto pelo tempo como pela rua, que soprava sua epiderme seca para dentro do armazém. Ao fundo, na parte mais escura do armazém, estavam as caixas mofadas de vinho e os estrados estropiados de cerveja. A um lado, havia a seção que era uma mistura de armarinho e loja de ferragens. Botões e rendas disputavam espaço com pregos e serrotes. No meio, postos sobre duas tábuas corridas montadas sobre cavaletes, descansavam os tecidos e os panos que chegavam de longe para alegria de homens e mulheres de Moires.

Uma proteção de plástico transparente pretendia isolar o conjunto dos golpes de ar sujo que o vento soprava da rua. A luz amarelada saía de quatro bocas, que pendiam sem nenhuma cerimônia de fios elétricos enjambrados, lambia o fundo do armazém e se deixava subjugar pela escuridão essencial. A luz amarela não tinha brilho e seria possível dizer que, além de tristonha, era escura, como um ser andrógino, concebido ao mesmo tempo para iluminar o bem e para gerar o mal.

Maira tinha chegado ao fundo do armazém. Abriu a pequena porta de metal, pintada de branco e salpicada de ferrugem, e a luz do meio-dia, desatada, acendeu as paredes escuras e mofadas. Maira passou pela porta, saiu ao jardim que se abria a ela. O jardim era o dos fundos da casa, que tinha frente para o rio, e servia para separá-la do armazém. A casa estava posta a metros do barranco, que caía abrupto. Em diferentes épocas, o barranco já engolira a pequena viela arborizada que chegava ao portão, já engolira o próprio portão. Um dia o barranco chegaria para disputar as paredes. As rachaduras internas de algumas eram visíveis como cicatrizes ao contrário e eram o aviso dos tempos que viriam.

No ar parado e quente, mais um tiro repicou.

– Não é melhor fechar as portas do armazém? – perguntou Tenório, que tinha acompanhado Maira.

Maira virou-se. No rosto, desenhava-se um ligeiro sorriso, que poderia ser de zombaria:

– Por quê?

– Não sei. Pode haver quebra-quebra. O povo pode vir para estas bandas. Havia muita gente em frente à praça.

– A polícia não vai deixar que eles cheguem até aqui.

– Os ânimos estavam exaltados.

– A polícia está armada.

Fez-se um momento de silêncio, e Tenório emendou:

– Micê está grávida.

Maira olhava Tenório, e o sorriso suave, que tinha começado quase a contragosto, espalhou-se:
– Não é de sua conta, velho safado.
– Micê está grávida – repetiu Tenório com voz grave.
– Estou.
– Mas não é fruto de seu marido.
– Não, não é não.
– Vai deixar ou vai tirar?
– Vou deixar.
– E ele?
– Ele não vai saber.
– Igual à cadela que estava na rua – disse Tenório com desdém na voz.
Maira riu, seus olhos brilhavam:
– Eu sinto prazer. Não sei se a cadela que estava trepando na rua sentia prazer. Eu sinto prazer pelo macho que monta em mim.
– Micê não presta – disse Tenório, e a pele apergaminhada do rosto brilhava com desprezo.

O Central não era o único hotel de Moires, mas era o único com valentia ou desfaçatez para assumir o nome de hotel. Os outros estabelecimentos se contentavam com a denominação ampla e genérica de pousada, refúgio, albergue. Era uma construção de dois andares, com paredes caiadas e sujas, remodelada ao longo de várias épocas, decerto para atender ao fluxo nunca constante de viajantes, que ora escasseavam, ora abundavam ao sabor dos tempos e que, por razões diversas, chegavam a Moires.
O bar do Central não era apenas um bar. Era bar, era sala de jantar, era sala de almoço, era salão de festa, era sala de reunião e era um abrigo, seguro e seco, quando a chuva apertava e não deixava ninguém sair. O bar do Central era o ponto de encontro de muitos a partir das sete da tarde.
Chegavam ao bar os engenheiros da estrada de ferro, os políticos da cidade, os comerciantes mais abastados, o delegado

de polícia. Também frequentava o bar o doutor Marcelo Lavais, cirurgião e clínico geral, que todos conheciam por Malô.

O dono do hotel era Ugarte, fazendeiro que tinha também o armazém Ditudo, que supria o pessoal da estrada de ferro. Era proprietário dos dois postos de gasolina de Moires, da farmácia, da padaria, de alguns botecos e, diziam, também do único prostíbulo dentro do perímetro urbano da cidade. O prostíbulo era mantido, segundo comentavam, em sociedade com Juca Barbosa, o delegado de polícia.

Às sete da noite, Ugarte entrou no bar do hotel Central e foi sentar à mesa em que Tadeu bebia uma cerveja. A mesa estava posta rente a uma das duas janelas do salão. A essa hora, a janela estava fechada para evitar o calor do poente e para não deixar entrar a mosquitada. Os mosquitos entravam pela porta da frente, de qualquer jeito.

Antes de sentar, Ugarte disse:

– Não sei como você aguenta essa roupa.

Tadeu, que não tinha percebido a chegada de Ugarte, olhou para ele e depois olhou a roupa que vestia. Procurava alguma indicação segura para o comentário de Ugarte. Não achou nada e disse:

– Que tem minha roupa?

– É a mesma roupa que você tinha hoje à tarde.

– E daí?

– E daí nada. Eu cheguei, tomei banho e deixei o calor debaixo da torneira. Essa roupa sua deve estar com catinga.

– Eu não sinto cheiro.

– Agora estou sentindo: fedor de fumaça, cheiro de queimado.

– Eu não sinto.

– É porque você deve ter as narinas entupidas de fumaça. Devia ter tomado um banho.

Tadeu não respondeu e bebeu a cerveja.

– Deve estar quente – disse Ugarte.

Ugarte tirou o maço do bolso, puxou um cigarro, acendeu-o, tragou fundo, foi soltando lentamente a mistura de ar e tabaco e continuou:

– Me contaram que houve uma nova invasão de terras hoje pela manhã. Desta vez, a polícia chegou a tempo e baixou o cacete. Depois, vários invasores chegaram à cidade e foram fazer manifestação na frente da Prefeitura. A polícia atuou com energia e prendeu alguns. Filhos da puta.

– Vou embora amanhã – disse Tadeu, e toda a cidade de Moires sabia que ele partia no dia seguinte, no primeiro avião, depois de quase um mês na cidade. Tinha vindo a Moires para escrever uma grande reportagem sobre a construção da estrada de ferro.

– Você vai embora amanhã – disse Ugarte repetindo e sem prestar atenção no que dizia.

– Vou mesmo.

– Você vai estar em casa amanhã à noite – disse Ugarte e agora prestava atenção no que dizia e sorria como se mofasse de Tadeu.

– Este lugar é uma merda.

– Aposto como você não escreve que este lugar é uma merda nessa sua reportagem.

– Não, não vou escrever que é uma merda, mas é uma merda.

Ugarte riu:

– Se você ficar mais um pouco, garanto que vai ter material de primeira qualidade para escrever. O progresso está chegando. Isto está explodindo, vai explodir e não demora.

– Está explodindo desde que eu cheguei e não termina de explodir.

– Mas agora é pra valer.

– Vou embora amanhã e você manda dizer como foi a explosão.

– Não quer ver?

– Não vou ver.

– Vai perder um belo espetáculo.

— Vou perder um espetáculo e tanto.
— Já pensou? Você podia ficar famoso, ganhar um prêmio. — Sorriu para provocar Tadeu.
— Posso ganhar um prêmio longe daqui.
— Duvido.
— Estou escrevendo um livro.
— Livro não dá prêmio.
— Sou jornalista e escritor há muito tempo, conheço os truques do ofício.
— E daí? Você pode conhecer os macetes, mas a história, a primeira página, acontece aqui.
— Não tem primeira página nenhuma. Tem uma porra de estrada de ferro no meio do mato. Tem a ganância de muitos surgindo dos dois lados dos trilhos. Tem a morte da floresta por causa da estrada de ferro. Tem o declínio de parcialidades inteiras, o fim de muitas comunidades da floresta, mas isso ninguém quer ver.
— Uma puta estrada de ferro que avança no coração da floresta, abrindo passagem para o futuro.
— Uma estrada de ferro de merda para um futuro de merda, uma estrada de ferro tão merda que, se chover, para de avançar.
— Você não sabe como são as chuvas.
— Chuva é chuva.
— Quero ver você falar assim depois que elas começarem a cair.
— Não vou estar aqui quando elas começarem a cair.
— Só mesmo as chuvas para interromper o trabalho do progresso.
— Estrada de ferro de merda.
— Porra, você mesmo viu: dois tratores pesados avançam, cada um leva a extremidade de uma corrente de ferro que dez homens fortes não conseguem levantar. Os tratores avançam na floresta, a corrente tesa enfrenta os troncos e vai derrubando cada tronco do tamanho de um homem. Vai explodindo os troncos: bum, bam, ruam. — Ugarte se entusiasmava: — O barulho é ensur-

decedor. Nada detém as máquinas, nada consegue ser obstáculo, e você acha isso tudo uma merda? Porra, você é louco.

– Acho uma merda.

– Depois dos tratores, vêm os homens. Já pensou no exército que vem atrás? Centenas de homens, com motosserras e machados para alisar bem alisado o que as máquinas derrubaram. Porra, não tem floresta que resista. É um avanço de pelo menos cem metros por dia, cem metros de terra limpa por dia, para assentar os trilhos. Depois dos trilhos, chegam os pastos, chegam as plantações; em pouco tempo, chegam as cidades, prédios, avenidas; em pouco tempo, a floresta selvagem some e dá lugar à civilização. Eu acho um trabalho colossal. Isto aqui é uma epopeia.

– Você não sabe o que é epopeia.

Ugarte olhou para a rua que existia do outro lado da janela fechada. A rua estava deserta. Sobre a rua, pairava uma nuvem de pó que embaçava os contornos.

– Aposto como chove mais tarde.

Tadeu olhou na direção que Ugarte olhava:

– Não vejo nenhuma indicação.

Ugarte deu uma risada:

– Você não sabe olhar.

– Não vejo chuva.

– Mas vai chover e você não sabe olhar.

– Vai chover?

– Tá vendo? Tá vendo? Eu não sei o que é uma epopeia, e você não sabe olhar. Isto aqui é uma puta estrada de ferro, estou lhe dizendo – repetiu vitorioso. – Um dia, alguém vai contar a história que ela está provocando.

Os dois homens ficaram em silêncio. Tadeu tinha os braços sobre a mesa, as mãos cruzadas, e olhava o copo vazio a sua frente. Havia cerveja na garrafa. Ugarte tinha deslizado o corpo no assento. Estava com as pernas esticadas para baixo da mesa e as costas enormes pressionavam o encosto da cadeira.

– Foda-se – disse Tadeu.

Ugarte não respondeu de imediato. Depois perguntou:
— Foda-se quem?
Nesse instante, entrou no bar Juca Barbosa, delegado de polícia de Moires. Usava chapéu de aba, era magro, caminhava devagar, mantinha a cabeça erguida, o olhar atento, os braços esticados ao longo do corpo. Ugarte viu que entrava e chamou:
— Caubói!
O delegado virou de maneira estudada para encarar Ugarte e, com um movimento de cabeça quase imperceptível, aceitou o convite implícito de chegar até a mesa.
— Boa noite, senhores — disse enquanto puxava a cadeira para sentar.
— Muito trabalho? — perguntou Ugarte e não se mexeu da posição em que estava.
— Muito.
— Me disseram que a tarde foi de lascar.
— De lascar, mesmo. Nunca vi tantas pedras e paus voando. Dois de meus homens tiveram que levar pontos na cabeça.
— Isso é grave. — Ugarte olhou na direção de Tadeu para ver se ele concordava. Tadeu não disse nada.
— Precisava ver a chuva de pedras — disse o delegado.
— Vocês não atiraram? — perguntou Ugarte.
— Nada. O prefeito estava olhando e ninguém queria encrenca. O pessoal foi recuando, foi recuando. Atiraram para cima, isso sim, mas no começo ninguém se assustou.
— Bando de safados.
— Safados e tudo metido a valente.
— Devia ter caído de porrada — sugeriu Ugarte, contraindo o rosto com raiva.
— Quando não deu para recuar mais, eu pedi pra meus homens revidarem.
— E eles?
— Deram muita porrada, posso garantir. Valeu tudo: tiro para o ar e o que estivesse na mão para bater.
Ugarte soltou uma gargalhada:

— Bem feito.
— O pessoal ficou com sangue nos olhos quando viu os dois colegas feridos. Queriam meter bala — empolgou-se o delegado.
— Deviam ter metido bala.
— Com o prefeito olhando?
— Foda-se o prefeito.
— Tá bom.
— Foda-se o prefeito, de verdade.
O delegado virou-se para Tadeu:
— Não vi nosso jornalista na cobertura dos acontecimentos.
Tadeu continuava com a cabeça baixa, como se estivesse encantado com o copo vazio. Ugarte respondeu por ele:
— O jornalista não estava na cidade. Estava comigo. Fomos até a fazenda ver o incêndio.
— Incêndio na sua fazenda? — O delegado pareceu surpreso.
— Pois é. Me avisaram ontem à noite.
— Que merda.
— Merda mesmo. Estivemos na fazenda e quase perdemos o avião.
— É verdade?
— O mato em volta da pista começou a pegar fogo e acendeu a grama. Quase que o Bonanza vai embora. Saímos a tempo.
— Deu pra decolar — certificou-se o delegado.
— Quase não dá.
— Sorte.
— A sorte é que estávamos com pouco peso. Se estivéssemos pesados... — Fez um gesto com a mão aberta para significar que teriam caído e se arrebentado no chão.
— Já pensou?
— Pufff — Ugarte levou o cigarro aos lábios e tragou. A brasa do cigarro ficou vermelho vivo. — Porra, caubói — a fumaça do cigarro saía pela boca enquanto falava —, estava te trazendo o índio que estava nas minhas terras e que provocou o incêndio. Meus homens pegaram ele.
— E aí?

– E aí que na hora da decolagem o avião tinha que estar leve.
– Se não, cês não voavam.
– Não voávamos nem por um caralho.
– E o índio?
– Sacrifiquei ele. Tava fodido. Aqui ou lá, ele tava fodido – afirmou Ugarte para não deixar nenhuma dúvida.
– Tava fodido, com certeza.
– Dei dois tiros, e ele nem sentiu o incêndio.
– Filho da puta. Merecia ter sentido o incêndio.
– Dei umas porradas nele antes.
– Tinha que acertar os colhões, um chute nos colhões.
Ugarte riu.
– Deixa pra lá, o cara já se foi.
– Filho da puta – disse o delegado.
Tadeu continuava calado.
O doutor Marcelo Lavais entrou e foi direto até a mesa dos três homens.
– Malô – disse Ugarte.
– Doutor – disse o delegado.
Tadeu não disse nada.
Malô acusou:
– Estou chegando do hospital. Tem uma porrada de gente ferida. Seu pessoal bateu de verdade.
Foi Ugarte quem respondeu pelo delegado:
– Bateram e apanharam ou bateram, mas tinham apanhado primeiro.
– Bateram feio. Tem uma mulher grávida que está mal – disse Malô.
– Foda-se ela. Quem manda entrar na briga? Aliás, quem manda invadir terra com criança na barriga? Invasão de terra alheia é coisa séria.
– Acho que vai morrer.
– Não posso fazer nada.
– Não há nada a fazer? – perguntou Tadeu.

– Praticamente nada. Ela está mal e não temos recursos – disse o médico.

– A criança vai morrer também?

– A criança pode se salvar. Isto é, se for uma criança saudável. Deram porrada na barriga.

– Devem ter dado na barriga e nos peitos. Nessas horas, vale tudo.

– Malô, qual é? – perguntou Ugarte.

– Porra, qual é? Qual é? Qual é que eu tenho um caso perdido no hospital.

– Está viva e você é médico. Vai lá e salva ela.

– Vá se foder, Ugarte.

– Vai lá e salva ela. Mostra que você é um bom médico.

– Ela está mal.

– Ela está mal, mas você é médico.

– Porra, sou médico sim.

– Foi o que eu falei.

– Mas eu não posso salvar a mulher, nem eu nem nenhum outro médico.

– Não pode?

– Não.

– Ninguém pode salvar ela?

– Ninguém.

– Se estivesse em outro lugar, em outro hospital, podiam salvar ela?

– Acho que não.

– Deus pode salvar ela.

– Eu não sou Deus.

– Mas Deus pode salvar a mulher.

– Sei lá.

– Você não acredita em Deus?

– Eu não sou Deus e não posso salvar ela.

– Você é um bosta, Malô, eu sou um bosta, o delegado é um bosta, nosso jornalista é um bosta. Todos somos uns merdas e você não pode fazer nada e eu não posso fazer nada e ninguém pode fazer nada.

Fazia calor e o ventilador de teto do bar girava, gemia e não parecia ter poderes para remexer o ar.

Ouviu-se um estrondo ao longe. Malô disse:
– Vai chover hoje à noite.
– Até que enfim – disse o delegado e passou o reverso da mão esquerda sobre a testa molhada de suor.
– Vai ser bom para apagar os incêndios – disse Ugarte.
– Vou beber alguma coisa – disse Malô e se levantou para pegar sua garrafa que ficava numa estante perto da porta. Voltou com a garrafa e um copo. Era burbom.

Ugarte disse:
– Isso é uma merda.
– Faz bem – respondeu Malô.
– É cachaça com sabor doce, coisa de gringo.
– Meu pai era gringo.

Ugarte riu:
– Meu pai era corno – e riu com mais vontade, e o delegado riu com vontade.

Tadeu sorriu. Malô abriu a garrafa, como se não tivesse ouvido. Deixou cair o burbom até cobrir a metade do copo, que era alto.

– Saúde! – Malô despejou, goela abaixo, o primeiro gole da noite.
– Saúde! – disse Ugarte, ainda rindo e levantando o polegar da mão direita, a mão que tinha o cigarro.

O delegado balançou a cabeça e era seu brinde.
– Isso é burbom – disse Tadeu, olhando a garrafa.
– A rigor, não – corrigiu Malô. – É parecido. O Jack Daniels leva mais milho e leva mais tempo para envelhecer nos barris de carvalho.
– Pra mim, é cachaça doce – disse Ugarte.
– Nas vésperas do Dia de Ação de Graças – contava Malô – meu pai dava um porre no peru. Nós sempre tínhamos um

peru que engordava para o Dia de Ação de Graças. Meu pai dava um porre nele. Primeiro com cerveja. Despejava cerveja pela goela do bicho.

– Fazia o peru beber da garrafa? – indagou Tadeu.

– Fazia o peru beber da garrafa, sim senhor. Depois ele fazia o peru beber Jack Daniels. Para não desperdiçar a bebida, meu pai metia um funil pelo bico do peru, um funil de latão meio enferrujado, e o peru tinha que beber toda a bebida que meu pai despejava no funil. O peru ficava num porre daqueles, não se mantinha em pé, os olhos arregalados, a respiração desesperada de rápida. Meu pai dizia que o peru com álcool no estômago tinha um gosto diferente.

– Peru não tem gosto – disse o delegado.

– Pois é. Para dar gosto, meu pai despejava Jack Daniels.

– E o peru não morria com tanta bebida?

– Desmaiava, fechava o olho, parecia que não se entendia mais, respirava rápido, tinha o funil todo enfiado para dentro, às vezes sangrava pelo bico, mas, antes de morrer de enfarte, meu pai ia lá e cortava o pescoço dele. Se esperasse o peru morrer, ele podia se envenenar.

– Que merda – comentou Tadeu.

– Coisa de gringo – sentenciou Ugarte.

– Meu pai era gringo – disse Malô.

– Meu pai era corno – interveio Ugarte. – Minha mãe metia com todos, e o velho não sabia. Ficava na venda, contando o dinheiro do caixa, e não sabia das andanças da mulher. – Parecia divertir-se com o que dizia. – Um dia, um vizinho chegou pra ele e disse: "Turco burro, vai lá ver o que tua mulher está fazendo na cama do Miranda". E sabem qual foi a resposta do velho? "Não pode, Salim, não tem quem cuide do caixa." Riu com vontade e todos riram com ele. – "Não tem quem cuide do caixa" – repetiu, tentando agora imitar a voz do pai.

– Aquele índio morreu ontem – lembrou o delegado a propósito.

– Qual?

– O índio com ciúme.

— O índio que matou os dois filhos na frente da mulher e depois matou a mulher?

— E depois tentou se matar cortando a barriga.

— Filho da puta.

— Ignorante.

— Coitado — disse Malô.

— Selvagem — disse Ugarte. — Matar pra quê? Só porque a mulher trepava com outros?

— O cara estava desesperado — comentou o delegado. — Queria bater em todos, queria se matar.

— Desespero — disse Tadeu.

— Não era um ignorante ou um selvagem. Estava maltratado pelo ciúme — ponderou Malô.

— Que merda de análise. Agora está morto. O cara não conseguiu canalizar a angústia.

— Na selva ninguém canaliza nada, jornalista de merda.

— Você está de porre, Ugarte.

— Três dias de agonia — disse Juca Barbosa.

— Porra, e suportou muito. Tava com a barriga toda furada. Septicemia — diagnosticou Malô.

— Gritava de dor, delirava e dizia que queria morrer. Gritava o nome da mulher e dos filhos. Depois ficou calado e gemia com febre.

— Foda-se ele — disse Ugarte.

— Deviam ter trazido ele pro hospital — reclamou Malô.

— Era um caso perdido — disse Juca Barbosa.

— Ficou numa cela? — perguntou Tadeu.

— Ficou no almoxarifado. As celas estavam cheias. Ficou no almoxarifado, amarrado a uma mesa de aço. Tive que amarrar pra cumprir a lei.

— Não ia fugir — disse Ugarte.

— Porra, o cara não podia fugir — comentou Tadeu.

— Não ia fugir — disse Juca Barbosa — mas a lei manda que o preso esteja algemado ou imobilizado. O almoxarifado não tem porta, então a solução foi amarrar o índio. Era um caso perdido.

– Era um caso perdido, mas eu podia ter aliviado a dor – disse Malô.

– Deixa ele sofrer, Malô – pediu Ugarte. – Filho da puta tem que sofrer. Ele matou a família.

– Mulher e filhos.

– Tava angustiado.

– Agora tá morto – sentenciou Juca Barbosa.

– Já não vai se preocupar com a terra.

– Não vai querer brigar para ocupar um pedaço de terra – corrigiu o delegado.

– Engraçadinhos. Eles querem terra porque querem terra. Esse pessoal tem que ter uma porra dum pedaço de terra.

– É a tradição deles – disse Tadeu.

– Foda-se a tradição. Na minha terra, eles não botam o pé. Se botarem, levam bala.

– Eles precisam da terra.

– Eu também preciso de minhas terras.

– Terra para eles é uma referência para existir. Sem terra eles não existem.

– A coisa está feia pro lado deles – disse Malô.

– Vai ficar mais feia se eles continuarem a invadir propriedade alheia – ameaçou Ugarte.

– A estrada de ferro está tirando a terra que é deles.

– É o progresso, são os novos tempos. Ninguém pode ser contra o progresso.

– Mas eles ficam sem terra e não sabem viver sem as terras – disse Tadeu.

– Eles estão se suicidando – acrescentou Malô.

– Melhor, assim a gente não precisa acabar com a raça deles – disse Ugarte.

– Suicidando por quê? – debochou o delegado.

– Porra, você não vai entender. Para eles a terra é tudo. Eles não existem sem a terra. A terra dá a eles significado. Se eles não tiverem terra, eles deixam de existir. Eles passam a ser mortos vivos vagando pela superfície da Terra em longa agonia. Então, eles preferem acabar de uma vez, morrer. O suicídio é a saída para eles – disse Tadeu.

Ugarte perguntou:

– Muita gente se suicidando, delegado?

– Ouvi falar. Mas não sei quantos são ou quantos foram. É coisa de índio. Eles, que são índios, que se entendam.

Ugarte riu, o delegado riu, Malô bocejou, Tadeu abaixou os olhos.

Ugarte falou:

– Vou dizer o seguinte: por mim, podem continuar se matando. Nas minhas terras é que eles não vão botar os pés.

Estava sério. Juca Barbosa assentiu:

– Se entrarem na propriedade alheia, levam chumbo.

Ugarte provocou e olhava para Tadeu:

– Faz uma reportagem sobre isso, escreve no jornal sobre os índios, diz que eles estão se suicidando. Aposto como tem gente que vai gostar de ler.

– Estou escrevendo.

O delegado quis saber:

– Está mesmo? Está fazendo uma reportagem sobre os índios? Pensei que fosse sobre a estrada de ferro.

Malô procurava sintetizar:

– Dá no mesmo, é a mesma coisa. A reportagem fala sobre a terra. Pode ser estrada de ferro, pode ser barragem para fazer hidroelétrica.

O delegado protestou:

– Não é a mesma coisa. Uma coisa é uma coisa, outra coisa é outra coisa.

Malô explicou:

– É tudo a mesma coisa, é a mesma invasão da terra. E tem gente que é expulsa e ele fala sobre isso.

Tadeu achou que devia dar mais informação sobre o trabalho que o ocupava:

– Falo sobre a invasão das terras e falo sobre o efeito que as invasões e as expulsões causam, a chegada do deserto. Estamos assistindo sem fazer nada à instalação dos desertos.

– Cê deve estar brincando. É só uma estrada de ferro – disse o delegado.

– Uma obra que expulsa povos e suas tradições. É muito mais que uma estrada de ferro.

– Você me parece apocalíptico. Fala mesmo sobre tantas tragédias nessa reportagem?

– Procuro ficar nas insinuações, na alegoria. Não se pode expulsar os habitantes da terra. Um é o sentido do outro.

Ugarte falou sério e queria fazer graça:

– Claro que tem que expulsar. Se não saírem, morrem afogados pelas águas ou então são atropelados pelo trem. Já pensou? Aposto como o jornal ia fazer um escândalo dos diabos: "Famílias inteiras morrem afogadas pelas águas da represa" ou então "Morreu no trilho do trem quando ia pro colégio".

Ugarte riu. O delegado sorriu:

– Vai escrever sobre isso?

Malô foi quem respondeu:

– Acho que está escrevendo sobre isso, sim. Acaba sendo sobre isso.

Ugarte insistiu:

– Fala sobre a terra, diz para os leitores que por aqui tá todo mundo querendo meter bala em índio que quer invadir terra.

O delegado perguntou:

– É reportagem sobre os índios mesmo ou é sacanagem?

– Estou escrevendo. É um romance, não é uma reportagem.

– Um romance – disse Malô.

Ninguém comentou nada. Os olhos estavam em Tadeu, que olhava os copos postos sobre a mesa.

Para muitos, Moires era o fim do mundo, um lugar ao qual ninguém chegava por vontade própria. Chegava-se a Moires empurrado, mandado, escorraçado, corrido, como se chega de repente ao inferno. O povoado que foi surgindo com a exploração e o comércio da castanha não parecia progredir com a construção da estrada de ferro. Pelo contrário, inchava, crescia sem ordem, agregava-se aos pedaços e ao longo dos meses, a partir de um centro. Abria-se em clareiras no meio da floresta, e as clareiras, com o tempo, iam-se juntado para configurar uma coisa contínua, um emaranhado de vias de trânsito, empoeiradas e esburacadas no verão, lamacentas e intransponíveis na estação das chuvas. Ao longo dessas feridas abertas, levantavam-se tapumes, paus, vigas esquálidas, cercas de arame e papelão que serviam de alguma proteção ou de referência para uma moradia. As marcas de presença humana surgiam a cada dia, repetiam-se sem descanso, combatiam com vigor o que antes era floresta compacta. E o sonho de muitos era que essas marcas se multiplicassem, fizessem a floresta fugir para longe.

O repórter está adormecido, sentado numa cadeira. O ar cansado mostra que a espera foi longa. Sobre o colo, há um pequeno gravador seguro pela palma da mão semiaberta. A voz muito velha, arrastada, pergunta:

– Que quer de mim? Que quer de mim? Parece que espera alguma coisa.

O repórter se aproxima:

– Quero ouvir, quero que me conte o que houve. Que houve, como aconteceu? Porto Amazonas era um centro vibrante, com um desenvolvimento nunca visto, destino de homens de todos os negócios, de funcionários, de técnicos, de peregrinos em busca de novos horizontes... De repente, de repente, que houve?

O velho respondeu, e as palavras saíam como se fizessem parte de uma melodia:

– Vai ter que ouvir muito e, sobretudo, imaginar. Agora vou recomeçar... mais uma vez... até quando? Primeiro o inverno, primeiro as chuvas. Ninguém se aventurava a sair durante os meses de inverno, porque chovia, e diziam que as chuvas eram ácidas e podiam matar... Era tabu... O sentido da proibição era o de preservar a terra e deixar que ela desse seus frutos em paz... Esse era o sentido... Nas terras sagradas, só se entrava na primavera, quando os frutos da terra já estavam nascidos. Como poderiam as chuvas fazer mal se cada um de nós havia nascido com elas e por causa delas?

O velho calou-se. Buscava palavras para continuar:

– Naquele inverno, as chuvas tinham sido mais fortes, havia muito trabalho, muitos tinham nascido... Cem, talvez mais, o que era muito. Não nasciam mais de quarenta por ano... Quarenta a cada ano, a cada primavera, eram a renovada confirmação de nossa parcialidade... As chuvas eram sagradas... Eu ganhei o jogo e fui embora...

– O senhor é um Maskoi.

– Sim, sou um Maskoi, nasci das terras Maskoi.

– Dizem que era uma região muito rica, farta.

– A terra é sempre rica, toda ela é farta. Mas a terra tem seu próprio ritmo, não se pode fazer a vontade do homem frente aos tempos da terra. A nossa terra Maskoi era rica, como são ricas, ou eram ricas, as terras dos Ticunas, dos Nivaclés e de outras parcialidades da terra. Explorador, se nasce explorador... como tudo, já se nasce sabendo e o que se aprende é apenas a melhorar... Eu nasci explorador, eu sabia sentir a terra, podia apalpar o que havia, podia saber quantos estavam para nascer.

A voz se cala, parece indecisa, retoma com dificuldade:

– Eu queria o progresso para a minha parcialidade e, por essa razão, aceitei trabalhar com os homens da estrada de ferro, indicando a eles onde poderiam encontrar Maskois sob a terra, fora da temporada das chuvas. Os Maskoi que eram necessários para a estrada de ferro. Eu queria o progresso. Eu indiquei a presença dos primeiros veios. Indiquei primeiro ao comandante, depois a Ugarte. Ugarte é um canalha. Ele estava com Bárbara, e ela era Maskoi como eu. As chuvas... Eu ganhei o jogo e fui embora.

Ele continuou:

– O jogo era nossa tradição mais importante, a que mais nos traduzia. Era revelar-se como a encarnação da alma da parcialidade, no que a ancestralidade nos legava em poder e sabedoria. Ninguém ganhava o jogo por acaso, ninguém vinha ali pela glória de sair vencedor. Ninguém precisava treinar ou preparar-se para a disputa. O jogador jogava com o que era, com o que trazia no coração e na alma. Vencer era a prova de que sua vida tinha um propósito que não era pessoal, não era do indivíduo. Era do povo Maskoi. Quando alguém ganhava, nunca mais podia voltar a ser aquele que tinha se apresentado diante do grupo atento. Aliás, é por essa razão que o jogo não ocorria todo ano. Nem era possível dizer se havia uma periodicidade fixa, mas todos sabíamos quando chegava a hora de encontrar aquele que deveria se colocar a serviço de todos. Era uma questão do momento, das circunstâncias. A necessidade indicava que era hora e, sem ser preciso convocação, os candidatos apareciam e a peleja era marcada tacitamente. Era uma liturgia que passava pelas gerações. Jogar ou assistir ao jogo era um momento de reafirmação do pertencimento à parcialidade. Vencer era receber uma missão. Sempre tinha sido isso, até aquele dia em que venci. Nunca tinha havido um vencedor como fui, porque acabei fazendo o impensável, o inaceitável, o imperdoável. Não apenas ignorei o apelo sem palavras do meu povo. Não só isso. Dediquei minha vida a ir contra os interesses de meu povo, a desonrar o privilégio de vencer o jogo. Não, não posso ter salvação, não há redenção para quem, como eu, faz da vida o que fiz. Sei disso. Com que dor hoje eu sei. Todo o trabalho que tive a serviço da Companhia nunca foi senão um instrumento da morte do meu próprio povo. Não mereço compreensão nem solidariedade. Mas precisava fazer esta confissão. Não sei como poderá ser recebida por minha gente. Sinto muito. Eu ganhei o jogo e fui embora.

Fez-se um longo silêncio.

– Sinto muito. É o fim. – Era a voz do médico, que acabara de entrar.

– "Eu ganhei o jogo e fui embora" foram suas últimas palavras.

– Espero que tenha conseguido algo com ele.

– Não sei, ainda não sei. Falou das chuvas, falou das pessoas que nasciam com as chuvas torrenciais, falou da ajuda que prestou para a instalação da estrada de ferro. Queria que falasse

mais sobre a decadência e o fim de Porto Amazonas, queria que falasse sobre o jogo.
– Sinto muito. Acabou.
– Eu esperava que ele me contasse sobre os nascimentos de risco. Num certo sentido foi esse o verdadeiro começo do fim.
– Sinto muito.
– Posso voltar. O senhor acha que ele ainda pode ter uma última consciência antes de emudecer e acabar de vez? – perguntou o repórter sem conseguir tirar os olhos do corpo que vinha diminuindo de tamanho como previam as definições normais da Natureza. Pensou no quanto a repetição natural dos ciclos individuais pode ser e tem sido a garantia da comunhão das parcialidades com a Terra, que é mãe mesmo quando é tumba.
– Pode ser, acontece, um último espasmo antes do fim. A memória volta, os sinais vitais parecem se recuperar. Quem nunca acompanhou essa fase do processo tem a impressão de que se volta à vida plena. Mas é como um surto breve. Depois, o silêncio. Esse surto de vida e de memória, quando ocorre, vem de cinco a seis horas após o último desfalecimento, naquele momento em que o corpo já chegou ao tamanho mínimo e começa o processo natural de preparação para reincorporar-se, para entrar no ventre que o acolherá. Volte, sim. Aliás, o normal seria ele estar nesses momentos arrodeado de recém-nascidos, porque costuma ser ouvindo os relatos finais dos mais velhos que a tradição é passada àqueles que acabam de chegar à vida. Fique à vontade, volte sim.

. . .

— Senhor, tem uma mensagem.

A mensagem estava escrita num guardanapo de papel.

Era tarde e agora havia pouca gente no bar. Na mesa de fundo, dois engenheiros da estrada de ferro conversavam com duas mulheres muito pintadas. Os quatros falavam e riam. Com certeza riam muito mais pelo que haviam bebido do que pelo que diziam de engraçado.

Em outra mesa de canto, dois homens estavam calados, um frente ao outro. Mantinham a cabeça baixa, e um deixava que os braços pendessem livres ao longo do corpo. O outro apoiava os braços sobre a mesa. Pareciam cansados, tão cansados que não se animavam a ir embora.

Ugarte olhou para o encarregado da portaria, pegou o guardanapo de papel com a mensagem, abriu-o e disse:

— A mensagem é para o doutor, mas ele não me parece em estado de receber nenhuma mensagem.

— O que há com ele? — perguntou Tadeu.

— Acabo de carregá-lo até o quarto. Pus ele na cama. Porre federal.

— Ele dorme?

— Acho que dorme.

— Deixa ele dormir.

— Pelo jeito vai dormir a noite toda.

— Deixa ele dormir, não é de sua conta.

— Não é de minha conta mesmo. Quer saber de uma coisa?

— Não, mas você não vai acreditar em mim e vai contar de qualquer maneira.

— Então vou contar: quando fui levar o doutor, ouvi do pessoal da portaria que um motor naufragou rio acima.

— Quando aconteceu?

— Hoje à tarde.

— Muita gente no motor?

— Dizem que há mais de cem desaparecidos.

– Agora não dá para fazer nada.
– Você está brincando? Vai fazer o quê?
– Nada, foi o que disse.
– Nem agora nem nunca: no rio a coisa se decide em minutos. Quem tem que morrer, morre logo; quem tem que se salvar, encontra algum galho nas margens. Tem vezes que demora um pouco, mas o rio acaba decidindo logo, logo. Lembro de um acidente com um avião, um Catalina. O piloto estava pousando o avião e, na hora do pouso, uma asa adernou e bateu com força. Com o impacto, o avião virou, ficou de barriga para cima.
– Afundou.
– Afundou nada. Ficou boiando, e os pilotos morreram na hora por causa do impacto. Os passageiros se salvaram e saíram nadando até a margem do rio. Quando pisaram as terras da margem, viram que o avião continuava boiando, inteiro, o nariz mergulhado, mas só o nariz. Quiseram voltar para pegar os pertences, que tinham deixado pra trás.
– Voltaram, e o avião afundou.
– Não afundou. O bicho estava boiando e ia ficar boiando. O pessoal chegou e entrou no avião que boiava. O pessoal foi retirando o que havia, malas, embrulhos, encomendas. Foi aí que chegou um motor que vinha para socorrer o pessoal. O motor chegou, tinha sido avisado do acidente. O motor chegou perto, uma fagulha cuspiu do motor e meteu fogo na gasolina que se espalhava sobre a água. Foi um fogo só, e quase todos os que tinham se salvado do acidente morreram queimados. Uns poucos, que não sabiam nadar direito, ficaram vendo o espetáculo da margem. Não tem jeito, no rio não tem jeito.
– Rio acima, você diz?
– Algumas horas rio acima.
– Então é provável que algum corpo venha descendo e chegue até aqui.
– Vai acontecer, na certa.
– Vai levar quantos dias? – perguntou Tadeu, enquanto ele mesmo fazia as contas.

– Para os corpos descerem? Depende. Depende se tem muito peixe, se a pessoa é gorda, se é adulto. Criança desce mais rápido. Vai depender do rio também, se o corpo não encontrar algo para ficar preso.

– E das voltas do rio.

– O corpo quando incha vem boiando pelo meio e a correnteza empurra.

– Pensando bem, acho difícil algum chegar.

– Mas pode chegar.

Depois, Ugarte puxou uma baforada e deixou cair no chão a bagana que mantinha entre os dedos. Não se deu ao trabalho de esmagá-la.

– A mensagem é sobre isso? – perguntou Tadeu.

Ugarte olhou o guardanapo de papel posto a um canto da mesa.

– Não, a mensagem é sobre aquela mulher grávida que estava muito mal.

– Morreu?

– Ainda não, mas está morrendo. Querem que o doutor dê um pulo até o hospital.

– Malô?

– Pois é, Malô – sorriu Ugarte.

– Acho que a mulher vai morrer.

– Eu também acho.

– Você não é médico para saber.

– Mas eu sei, eu já vi acontecer.

– Você não sabe nada.

– Está bem, eu não sei nada.

Tadeu apoiou os dois braços sobre a mesa e ergueu o corpo. Ao apoiar os braços sobre o tampo, derrubou uma das garrafas de cerveja, que caiu ao chão e quebrou com um ruído imprevisto, desagradável e cheio de sobressaltos.

Tadeu não pareceu se incomodar. Fitou a janela do bar. Pela janela, que agora estava aberta, via a rua vazia e a chuva forte que começava a cair.

– Se esta chuva não parar, meu avião não chega – murmurou.
– Não chega mesmo.
– Foda-se você.

Amanheceu chovendo. Chuva forte como são as chuvas nesta época. Antes mesmo de acordar, pude sentir o rumor da água batendo no que encontrava enquanto caía. Uma presença durante o sono, como a paisagem de todos os sonhos.

A luz não vai muito longe, se apaga antes de chegar ao final da rua. Nos dois sentidos. Nada de ver o rio do outro lado da praça por trás dos castanheiros. Os castanheiros são vultos insinuados. Nada de ver o porto para o lado dos armazéns. Nada dos armazéns.

Um dia sem trabalho. Impossível deitar dormentes na terra barrenta. Impossível compactar a terra. Impossível tornar sólido aquilo que se desmancha com a água. A estrada de ferro acaba no exato lugar onde se trabalhava antes do começo da aguada.

À frente desse ponto, não há nada. Há, sim, a terra aberta, um sulco desmatado, uma ferida na paisagem. Antes das chuvas, era um caminho preciso, ou um projeto de caminho, ou uma indicação para os trilhos. Bem cortado, bem definido, delimitado por dois pedaços de floresta. Imagino o que será agora. A chuva deve ter apagado qualquer limite.

A floresta, antes separada, posta a ambos os lados da passagem, deve insinuar juntar-se na luz quase noturna, deve projetar reunir-se, desfazendo a separação que impusemos. O chão será um arremedo de rio, um leito propício à enxurrada selvagem que se alimenta com voracidade a todo instante.

Teremos muito trabalho quando a chuva terminar. Refazer o leito da estrada de ferro, preparar a terra, voltar a definir os espaços com firmeza e depois compactar, deitar os dormentes para os trilhos. A estrada de ferro não pode parar.

"Teremos", digo. "Teremos"? Pouco a pouco o relato que faço parece me obrigar à participação.

"Teremos", como se eu fosse da estrada de ferro, como se eu fosse um engenheiro da obra. O ambiente torna-se perigoso nesta época das chuvas. A loucura parece pronta a atacar os incautos. A chuva impõe um toque de recolher que exaspera.

O vento traz consigo o perfume ácido dos tamarindos e o rumor respirado de vários ruídos que se alternam para sobressair na luz do meio-dia.

Ao longe, na direção do poente, apenas desenhada ou sombreada sobre a planície, ergue-se a silhueta majestosa e azulada das grandes cordilheiras, as sentinelas distantes que haviam, se não impedido de todo, dificultado ao extremo qualquer passagem ou caminho para as terras do planalto, durante séculos isoladas e esquecidas de todo comércio. A passagem pelos dois colos do norte, alta, sinuosa, estreita, só era possível em média, e com um mínimo de segurança, a cada dez anos, nos breves meses do estio, e naqueles dias que sucediam à chegada do Almudin, o vento seco e quente que sopra do deserto dos iberos, se afunila pelas gargantas afiadas de granito e derrete neves e gelos que escondem os fundos caminhos talhados na pedra. Nunca por muito tempo. Mais de uma expedição deixou-se surpreender pela volta súbita das temperaturas baixas, do vento gelado, das borrascas repentinas e traiçoeiras, que tudo cegam e calam, apagando vales, valões, marcas de passagem.

Pelo rio, a montante apenas, pois na outra direção estavam as terras inóspitas da várzea grande, as águas traiçoeiras do rio Vermelho e o mar, também se chegava ao planalto. Mas o curso d'água que serpenteava pelos vales profundos de repente se encastrava nos caprichos abruptos da pedra, tornava-se insolente, corredeiro, torrencial. Encachoeirado, desabava dos contrafortes, debatia-se com vigor e espumava em fúria contra os lados da montanha. Não raro rompia em um novo curso, abandonava a trilha antiga e expunha o leito sulcado na rocha, úmido, talhado, profundamente gretado, revelação fugaz que ao viajante mal servia, pois os ventos sibilantes e contínuos das alturas se encarregavam de apagá-la em seguida, com seu fardo de gelo e neve.

Nas últimas fraldas da montanha, nos alvéolos abertos e numa paisagem majestosa de seixos rolados, brilhantes como constelações pousadas durante a noite, o rio se alargava, se expandia, ficava mais brando. Ali, com boa ventura, se podia abordá-lo, deslizar em velocidade e sem imprevisões até o completo achatamento da paisagem, que coincidia com as primeiras frentes das terras baixas, escura e tupida das florestas, onde o inverno não era mais neve e gelo, apenas chuvas fortes e abundantes, e o verão, mais longo e definido, era seco e temperado. Era o território dos Nivaclé, dos Ticunas, dos Maskois, as parcialidades originárias desta parte. Havia o outro lado, o lado do levante, a terra lisa, virgem e sem obstáculos, que se repetia idêntica a si mesma por centenas e centenas de quilômetros, até o deserto indomado, e que era sagrada e por isso mesmo intransponível e proibida a qualquer homem, pois sob a superfície, no ventre argiloso, gestava-se com a cumplicidade do tempo a reserva ainda não formada da futura humanidade.

Bem no centro das terras baixas, à beira rio, estava Porto Nolasco, e o tranquilo passar das horas se desenrolava sem atropelos. Da parte sombreada do terraço dos ingleses, no velho hotel Colonial, podia-se observar o movimento da rua principal, o vaivém contínuo dos carregadores e dos pequenos comerciantes que precisavam renovar as autorizações a cada novo desembarque, e que, por isso mesmo, se apressavam para cima e para baixo, da controladoria ao almoxarifado e de volta à controladoria, sob um sol desalmado, metidos em suas túnicas de impecável linho branco, bem diferentes das túnicas esfarrapadas e escuras portadas pelos carregadores braçais. Podia-se também adivinhar as marcadas feições dos rostos mongóis dos Nivaclés e dos Ticunas, as parcialidades predominantes em Porto Nolasco depois do fim da Grande Marcha, olhos oblíquos, pele com a cor do cobre, expressão serena, ou seria imutável?, de quem não se altera com o visível ou com o aparente.

Misturados aos nativos, via-se um ou outro estrangeiro descendo ou subindo a rua e eles sobressaíam do conjunto pelas cores vivas das vestes e, sobretudo, pelo chapéu de palhinha que portavam. Não raro uma patrulha os abordava e lá iam eles mostrar o passaporte, explicar o que faziam em Nolasco, dizer onde residiam, até quando ficavam.

Destacavam-se as paredes esmaecidas e manchadas dos grandes armazéns e depósitos, dos prédios do cais do porto, a pintura e a madeira gastas pela inclemência da luz avassaladora do verão e pela força das chuvas dos meses de inverno.

Atracado ao longo do cais, o vapor cargueiro, construído nos estaleiros da Nolasco Shipping Company, o nome NARA apenas visível, o casco despintado e salpicado de ferrugem, dava a impressão de total abandono, e tornava-se difícil imaginar que algum dia tivesse sido capaz de subir e descer o rio.

Via-se uma parte da estação de trens. A arquitetura modernosa de paredes altas e escuras dava-lhe um aspecto sinistro e ameaçador.

Podia-se ver o rio, em pedaços, entre um e outro armazém ou depósito, e inteiro, descendo à direita de onde estava, largo, sombrio, parecendo nunca correr, como se fosse um negro estirão de basalto a espelhar gravemente a luz implacável que jorrava do céu. Pelo seu curso ou pelo seu dorso levemente arqueado, e também pela linha férrea que corria paralela, vagueavam sem nunca parar as hordas intangíveis de mercadores, agentes de escambo, mágicos, mentirosos, aventureiros, homens de algum negócio, sempre à espreita de oportunidades, condições favoráveis e propícias.

Podiam-se ver os redemoinhos repentinos que o vento abrasador do meio-dia criava do nada, ressurgências, quem sabe, sobre o piso de asfalto da rua principal, gasto, esburacado, erodido, varrido pela areia avermelhada e quente que soprava, sem dar trégua, das margens áridas do rio e, para além das margens, das terras proibidas, abandonadas e agora desertas dos Maskois.

– Senhor, tem uma mensagem.

O mensageiro estendeu-lhe o envelope pardo com timbre oficial. O repórter examinou-o com atenção: tinha sido aberto, as marcas eram nítidas. Enquanto lia o bilhete que lhe era dirigido, acometeu-lhe a sensação desagradável de estar pondo os olhos em algo que lhe era destinado e de alguém já haver lido o que não devia saber. Olhou em volta para flagrar o intruso, mas não viu qualquer sinal. Esse fato, além de significativo, porque atestava a eficiência do violador, deixava no ar, intactos, todos os claros presságios do perigo.

Ia se levantar quando ouviu uma voz a suas costas.

– Boa tarde. Espero não estar interrompendo algo.

Num gesto rápido, o repórter escondeu o envelope no bolso e virou-se para encarar o informante, que não parecia ter percebido a manobra.

– Não interrompe nada, mas eu estava me preparando para subir a meu quarto.

– Posso lhe tomar uns minutos?

– Como disse, estava me preparando para subir...

– Só uns poucos minutos. – Decidido, o informante puxou uma cadeira e sentou. – Desculpe.

O repórter abriu os braços em sinal de impotência. Deixou-se ficar. O informante virou-se para olhar em volta. Com a exceção de um empregado sonolento, não havia ninguém àquela hora no terraço, tampouco no bar interior de onde o terraço se prolongava para fora por duas portas envidraçadas, mantidas abertas durante toda a temporada até o começo da estação das chuvas. O informante apoiou-se nos antebraços, aproximou o corpo por cima da mesa e disse em voz baixa:

– Trago rumores de absoluta confiança.

Parecia enfastiado. Olhou em volta mais uma vez: o empregado do bar dormitava em pé, encostado numa das colunas de madeira que sustentavam o mezanino. Atrás dele, a velha porta vaivém rangia, abria e fechava a cada novo sopro de vento. Abaixou ainda mais a voz e confidenciou:

– Ocorreu uma nova invasão no acampamento Pargo Dois.

– Um rumor ou um fato? De qualquer forma, na semana passada você me disse a mesma coisa.

– Na semana passada minha fonte mentiu, ou melhor, não mentiu: adiantou-se aos fatos, porque informou sobre algo que acabou acontecendo agora.

A voz do repórter ficou áspera:

– Eu quero fatos ocorridos. Eu escrevo sobre o que houve e não sobre o que alguém pensa ou acha que vai acontecer. Eu pago, e pago muito bem, para ter informações reais, não apenas rumores. Quero relatos, vivências, de coisas acontecidas. Quero saber o que está acontecendo e que ninguém quer dizer.

O informante abaixou os olhos, parecia abatido.

– Desculpe, mas, às vezes, o que vai acontecer já aconteceu, e o que aconteceu vai de alguma forma se repetir no futuro. Talvez sejam os momentos confusos que estamos vivendo. – E acrescentou com uma angústia clara a lhe turvar a voz: – Ninguém está a salvo, ninguém está seguro.

O repórter voltou a abrir os braços em sinal de impotência:

– Só escrevo sobre fatos.

– Ocorreu um novo ataque ao acampamento Pargo Dois. Uma parte da área foi invadida e a empresa está fechando o veio.

– Pargo Dois? – O repórter perguntou sem muita convicção.

– Pargo Dois – confirmou o informante.

– Difícil de acreditar. É o veio mais promissor.

– Parecia ser o mais promissor, mas não vingou.

– Alguma ideia?

– Problemas técnicos. Usaram uma tecnologia nova, que não trouxe os resultados esperados. Além disso, os ataques sucessivos tornaram a situação insustentável.

– Que vão fazer?

– Desmobilizar o quanto antes e abandonar tudo.

– A estrada de ferro depende de Pargo Dois. Pelo menos até agora foi assim.

– Este é o ponto: vão abandonar a estrada de ferro.

– Não é a primeira vez que falam em abandonar a estrada de ferro.

– Agora, a coisa é séria, segundo meus contatos. Houve uma reunião de emergência há dois dias, com todos os envolvidos, e chegou-se a essa decisão. Se for verdade, teremos tempos duros pela frente, muito duros.

O repórter olhava para um ponto do rio que se mostrava entre dois armazéns.

– Não estou vendo a fragata. O que houve?

– Levantou ferros hoje de madrugada. Está subindo o rio e deve chegar a Porto Amazonas amanhã à tarde.

– Estamos desprotegidos, então? – provocou o repórter.

– Porto Nolasco não é Porto Amazonas. Pelo menos ainda não é.

– Acredita mesmo?

O informante fitou o repórter por um instante longo. Depois, foi dizendo, as palavras se encadeando uma nas outras num ritmo quase lento, como se estivessem sendo pensadas enquanto soavam:

– Curiosa maneira de usar os fatos. Por um lado, diz que se baseia neles para compor relatos; pelo outro, descarta-os sem piedade e com ironia quando parecem não servir aos seus propósitos. A ironia pode ser perigosa em determinadas situações, não crê?

O repórter não respondeu.

O informante suspirou:

– Pense como quiser, amigo. O pior ainda está por vir, e estou certo de que irá vivê-lo.

– Como sabe?

– Porque é jornalista e vai querer escrever a história.

– Sou repórter, não jornalista. Há uma diferença sutil, e, quanto a escrever a história, devo confessar que estou sem nenhuma inspiração.

O informante disse de golpe:

– Há um cargueiro subindo o rio amanhã. Posso arranjar os papéis necessários.

– Se for mais um de seus truques para arrumar dinheiro fácil...

O informante levantou as mãos:

– Asseguro-lhe que não, e, para provar o que digo, só me passa a dever quando o navio sair da baía e entrar no rio Negro. Aí, poderá fazer o pagamento a bordo, a alguém que eu indicar.

O repórter via os redemoinhos que surgiam do nada, criados pelo calor.

– Parece o início de uma parceria.

O informante virou-se na cadeira, procurando surpreender o intruso que também suspeitava existir.

– Entrego os papéis, você sobe a bordo, me paga e termina aí.

O repórter riu:

– Parceria curta, mas parceria de qualquer maneira: os dois arriscamos o mesmo, você falsificando papéis, eu fazendo um papel falso.

– Se não estiver interessado, esqueça.

Foi a vez de o repórter se aproximar por sobre a mesa, apoiando o peso do corpo nos antebraços e olhando em volta para se certificar de que estavam sós. Ia falar, mas se conteve e pediu, por um gesto da mão, que o informante chegasse mais perto.

– Que ninguém nos ouça. Mandarei notícias.

O repórter levantou-se e foi saindo do terraço. Confundiu-se na penumbra do bar e desapareceu por trás do empregado sonolento, pela porta vaivém, que reclamou uma vez e com vigor quando abriu para dar passagem.

. . .

Chovia forte. A chuva era um muro transparente de água que desabava e se repetia sem alterações. As nuvens estavam baixas; a luz era a de um crepúsculo, quando o sol ainda não se atreve a aparecer.

Tinha chovido durante boa parte da madrugada. As ruas, as poucas calçadas e sobretudo as de terra batida, davam passagem a toda sorte de enxurradas: violentas nas esquinas mais empinadas, brandas nos declives suaves. Nos pedaços de rua entre uma e outra lombada de terreno, a água estancava e subia. Invadia casas, expulsava homens, mulheres, crianças. As crianças aproveitavam a ocasião, se atiravam na água, se divertiam nas piscinas barrentas. Vira-latas corriam para cima e para baixo sem saber se deviam alegrar-se com as crianças ou assustar-se com a inundação. Latiam sem parar, atordoados com o que presenciavam.

Os homens procuravam empilhar o que podiam nos terrenos mais altos. Empilhavam com celeridade, uns sobre outros, camas, mesas, cadeiras, ventiladores, às vezes um fogão, às vezes uma geladeira. Os homens se agitavam, buscavam ganhar das águas, como se isso fosse possível.

As mulheres, algumas com crianças de colo nos braços ou acavaladas na cintura, faziam seu trabalho e eram as que mais entendiam a cena das águas. Entravam e saíam das casas, com vagar, teimosas, arrastando os pés para firmar o passo. Eram formigas operárias, indo e vindo, carregando coisas pequenas para fora, tentando botar a salvo os pertences do lar. Entre uma e outra ida, uma ou outra parava e percebia em silêncio o que a água fazia. Algumas pareciam chorar sem companhia. Mas logo enxugavam as lágrimas e iam buscar algo mais para salvar.

As ruas de Moires mostravam movimento incomum para um dia de semana. Era resultado da chuva. Homens em pequenos bandos caminhavam pelas calçadas ou pelo meio das ruas, alheios à água. Caminhavam sem pressa, como se não tivessem destino certo. Todos estavam molhados, mas ninguém se importava com o fato. Eram os operários da estrada de ferro. Com a chuva que caía, não havia trabalho nas frentes e a peonada, centenas de peões, descia até a cidade em busca de um boteco ou das mulheres nos prostíbulos.

Os prostíbulos, o que ficava dentro de Moires e os outros, plantados à beira do caminho que conduzia às frentes, trabalhavam dobrado nos dias de chuva. Os cafetões tinham que recrutar às pressas novas pupilas para atender à demanda alta.

Nos dias de chuva, os cafetões, os gateiros no linguajar local, visitavam os bairros mais pobres, iam de porta em porta e propunham o negócio carnal às mulheres da casa, sem rodeios e sem meias palavras. Podia ser trabalho pelo dia inteiro ou por mais de um dia. Davam-se duas refeições, pagava-se no fim da jornada, em moeda.

Poucos se incomodavam com a abordagem descarada dos gateiros. Os homens da casa, mesmo quando estavam por perto, não ligavam muito. Ou então ligavam e se calavam. Afastavam-se amuados, deixavam que o gateiro negociasse com a mulher. A realidade que lhes tocava viver e que lhes caía em cima era muito mais difícil de aceitar do que o trato de um gateiro.

Quando o gateiro terminava sua ronda, havia um lote de novas contratadas, donas de casa, velhas viúvas, solteironas, meninas. A procissão de mulheres cabisbaixas não despertava nenhuma curiosidade enquanto caminhava, compacta e em silêncio, pelas ruas de Moires, o gateiro à frente, até os prostíbulos que ficavam na última rua urbana, colada na floresta, ou além dela, metidos no mato, ao pé das árvores.

Nas chuvas, os homens desciam a Moires, vindos dos acampamentos das frentes de trabalho num pequeno ônibus da companhia da estrada de ferro. O ônibus deixava um grupo, voltava ao acampamento em busca de outro. Com a água, o caminho de terra virava um lodaçal, e não raro o transporte ficava preso na lama, durante horas, à espera de um trator que o tirasse do barro e o devolvesse à circulação.

Era cedo. Os homens que chegavam dos acampamentos, cheios de energia e disposição, ainda estavam mansos e tolerantes. Mas em pouco tempo, lá por volta do meio-dia, a bebida, o ócio forçado, a chuva brutal e as raivas reprimidas provocariam os primeiros atritos. Surgiriam as brigas, os socos, os murros e as facadas, às vezes os tiros, por qualquer motivo. Podia ser uma mulher ou uma desavença que parecia esquecida e que aflorava no ambiente carregado. O fim de uma briga, quando não era o cemitério, era o xadrez da delegacia ou a maca do hospital.

A rua que passava pela frente do hospital era calçada com paralelepípedos. As pedras agora desapareciam debaixo das águas, que corriam carregando detritos, latas vazias, paus, restos vegetais, pontos viscosos, pedaços de coisa sem identidade. Tudo escorria como se fosse parte de um riacho imundo.

As paredes do prédio do hospital, as que davam para a rua, estavam sujas. Mostravam na base a cor de café, que desaparecia nas partes mais altas das paredes e ali ficava a impressão de uma mistura indefinida, com elementos do vermelho em diversas gradações. Com certeza, a cor que resultava tinha origem na poeira avermelhada dos dias de sol. Quando havia sol, a poeira grudava nas paredes e impunha a coloração.

O prédio do hospital era um casarão antigo, feio, quadrado, sem nenhuma imaginação arquitetônica. Fora construído quarenta anos antes para abrigar a Prefeitura. Logo que a Prefeitura se mudou para a nova sede, o posto de saúde, que havia sido construído com madeira compensada e telhas de amianto e que já estava remendado, com infiltrações por toda parte, foi fechado e o Hospital Municipal foi inaugurado no prédio recém-abandonado.

O prédio havia passado por algumas reformas para poder abrigar o hospital. Os antigos gabinetes tinham sido pintados e viraram quartos de doentes, almoxarifado, cozinha, sala de curativos, e um deles, o mais espaçoso, ganhou azulejos brancos até o teto, uma bacia de aço inoxidável com duas bicas e era agora a sala de cirurgia.

O antigo Salão de Atos da Prefeitura virou enfermaria geral, e as camas, os catres e os colchões no chão amontoavam-se pelo salão, sem ordem ou cerimônia.

Os doentes vinham da cidade, das periferias, de pontos mais afastados na floresta. Quem estava doente, mas podia caminhar, era mandado de volta depois de uma consulta, de um curativo rápido, de uma medicação provisória. Quem não podia voltar de onde viera ficava. Ocupava o lugar que houvesse.

Os doentes chegavam acompanhados por um ou mais parentes. Todos ficavam por perto. Permaneciam fora do hospital, arrebanhados nas ruas em volta, pelo chão das calçadas. Havia um comércio que dependia dos acompanhantes. Na grande maioria, o comércio era formado por vendedores de comida. Em carrinhos precários ou em barracas fincadas no chão, os ambulantes ofereciam carnes de gado, de aves e de peixes, condimentadas com as raízes da floresta. Havia carne de caça em algumas, e suspeitava-se que em todas, em maior ou menor grau, houvesse entranhas de cachorros, vísceras de gatos, pastéis e croquetes de origem indizível para os estômagos mais fracos ou para aqueles que não tinham tanta precisão. Os ambulantes eram parte da paisagem, tinham conquistado as ruas em volta, com exceção da rua da frente, e contribuíam para a sujeira e para inventar o odor de coisas em decomposição, plantas, folhas e caules, mas também carnes e pelos.

Quando chovia, se permitia que os acompanhantes, o povo da rua, entrassem e esperassem, no saguão do hospital, o fim das águas ou o desenlace da doença daqueles que haviam trazido. O saguão ficava intransitável. Parecia um curral apertado de animais à espera do abate, tal a indigência silenciosa de todos. Não havia outra maneira de fazer.

Era impossível afastar os parentes ou mesmo os amigos dos doentes. O costume determinava que se ficasse com os seus. Esses pobres apêndices solidários eram os que providenciavam não só atenção a distância como também, muitas vezes, eram os únicos que dispunham de dinheiro para comprar remédio na farmácia ou que tinham força física para carregar um doente até a cirurgia, até o curativo ou de volta para a maca ou para o colchonete no chão. O número de enfermeiros e enfermeiras era por demais reduzido para fazer frente às necessidades de tantos.

A enfermaria tinha três janelões, que estavam sempre abertos, mesmo quando a poeira da rua pairava no ar e entrava com qualquer sopro de calor, mesmo com a chuva.

A chuva forte despejava uma coluna de água da calha furada. A coluna líquida tinha um ligeiro movimento pendular, afastava-se e voltava para perto da janela. Quando voltava, batia no parapeito da janela e respingava para dentro da enfermaria.

Os ventiladores de teto mexiam o ar com preguiça e ganiam conformados, como se estivessem reclamando à toa.

O cheiro dentro da enfermaria era uma mistura. Havia formol, havia iodo, havia cheiro de álcool. Mas espreitava o ar, com igual intensidade, o cheiro de doenças comprimidas debaixo de tecidos de algodão e gazes. Havia o cheiro característico e adocicado do pus, havia o cheiro de infecções interiores que supuravam. Havia o cheiro conhecido da urina quando molha um trapo, havia o odor compulsivo e alongado de excrementos humanos, e todos eles eram apenas salientes sobre o cheiro confuso, escondido, das carnes suadas e mal lavadas.

O doutor Marcelo Lavais acabava de chegar e estava com dor de cabeça. Num gesto mecânico, colocou o semiarco metálico do estetoscópio em volta do pescoço. Tinha o rosto inchado. Estava molhado pela chuva e pela umidade do ar. Sentia o corpo suado pelo calor. A calça grudava nas pernas e a camisa grudava nas costas ligeiramente arqueadas. O que mais o incomodava, no entanto, eram os sapatos encharcados e os pés sujos de terra.

Sentia a lama da rua meter-se entre os dedos dos pés quando caminhava.

Lavais passou a mão pelo rosto e retirou a água que escorria dos cabelos e o suor que se acumulava na testa. Ao entrar na enfermaria, viu a mulher grávida estirada na maca, deitada de costas. Ela tinha uma blusa vermelha, que ficava pequena e deixava parte da barriga descoberta. Lavais aproximou-se. Os outros doentes na enfermaria aguardavam calados, não se mexiam muito e esperavam que o destino, mais do que qualquer outra coisa, lhes aliviasse o sofrimento ou mesmo a dor que sentiam.

Ao lado da grávida, havia um homem deitado no chão. Tinha a perna fraturada. O fêmur partido sobressaía em dois pontos, como duas bolas invisíveis que pressionavam por baixo da carne intumescida. O homem dormia sem ligar para a dor e sem espantar as moscas verdes que lhe pousavam no rosto sujo e nos cantos dos olhos brilhosos de água.

Lavais chegou até a maca. Era uma mulher de uns trinta anos de idade, não mais. O médico sabia dizer a idade de homens e de mulheres que chegavam a ele para consulta. Pareciam sempre mais velhos, mas ele sabia dar-lhes a idade certa pela maneira de olhar que tinham. Mesmo que a pele estivesse gasta, enrugada, sulcada, a expressão que ele via nos olhos era determinante para definir os anos de vida. A mulher tinha os olhos fechados. Na véspera, quando chegou ao hospital, olhou Lavais, e os olhos bem abertos pediam socorro.

Era índia ou mestiça, tinha as feições fortes da gente do lugar, os lábios grossos, o nariz achatado. Os pômulos projetavam-se salientes e a pele do rosto parecia um pergaminho lustrado. Os braços eram esquálidos. A carne enrugada sobrava sobre os ossos marcados e os músculos em repouso. As mãos tinham dedos longos e finos, a pele sobre os dedos parecia fendida como a terra seca do deserto. A respiração era curta e agitada. Um pequeno filete de baba escorria da boca semiaberta, fluía e refluía com a respiração.

Lavais olhou a barriga da mulher, que logo em seguida apalpou por cima da saia rasgada com manchas de terra. Olhou em volta e procurava a responsável pela enfermaria. A enfermeira-chefe aproximou-se.

– Anita, estou com uma dor de cabeça dos diabos. – Continuava a apalpar a barriga por cima do vestido: – O que há com ela?

– Está mal.

– Eu sei que está mal. Não me refiro ao estado. Estou perguntado por que merda não sinto a criança.

Anita se aproximou mais e botou a mão sobre a barriga da mulher.

– Havia movimento fetal até bem pouco tempo atrás, doutor.

A mão de Anita e a mão de Lavais iam e vinham sobre a barriga da mulher. Lavais empurrou a mão de Anita para um lado, e as duas mãos do médico ocuparam uma área maior sobre o ventre. Ele começou a pressionar os lados. Apertava com os dedos das duas mãos, procurava sentir alguma coisa e os retirava devagar. Repetiu a operação várias vezes. Sem se voltar para Anita, disse:

– Não sinto o ventre. – Com o indicador da mão direita, recuou as pálpebras da mulher e examinou o olho aberto. – Merda. Sabe duma coisa, Anita? Vamos ter que tirar a criança. – Lavais pôs os auriculares do estetoscópio nos ouvidos.

– Ela não vai aguentar, doutor – disse Anita e logo se arrependeu de haver falado.

– Ela não vai aguentar de nenhum jeito, Anita. Estou querendo salvar a criança. Quero tirá-la e buscar outro ventre para o feto conseguir terminar a vida como deve ser, do modo natural. A mãe está perdida, não tem chance alguma.

Lavais buscava ouvir alguma coisa pelo estetoscópio e queria se concentrar no que ouvia.

O menino surgiu bruscamente na cabeceira da maca da mulher grávida. Teria no máximo dez anos e estaria no chão, talvez dormindo, antes de levantar-se e mostrar-se onde estava agora, na cabeceira da maca. O menino tinha uma expressão vazia ou perdida.

– Quem é ele? – perguntou o médico, ainda ouvindo o ventre da mulher. Sua voz mostrava contrariedade.

– Suponho que seja filho, ninguém sabe. Não saiu do lado dela.

– Parentes, mesmo filhos, não podem ficar na enfermaria, você sabe, Anita. – A voz de Lavais não mostrava tanto irritação, mas um enorme cansaço.

– Está em estado de choque, doutor.

Lavais olhou a criança com atenção. Tinha as mesmas feições da parcialidade da mulher. Seria filho, com certeza. Estava descalço, tinha feridas nos joelhos, vestia uma calça curta e uma camiseta desbotada. O médico notou que o menino tinha feridas nos cotovelos e nos nódulos dos dedos. "Avitaminose extrema", diagnosticou. Arrancou o estetoscópio e concentrou-se no menino:

– Ei! – Acenou de perto para a criança.

A criança não pareceu perceber a mão de Lavais agitada na frente dos olhos.

– Ele está desse jeito, está em estado de choque – disse Anita.

– Não me parece em choque. – Lavais pegou os ombros da criança e sacudiu-os de forma brusca. – Nome? – gritou.

– Ticuna.

Lavais sorriu com a resposta. A criança olhava na direção do seu rosto, mas os olhos não o encaravam. O médico continuou com as mãos sobre os ombros do menino.

– Sobrenome?

– Ticuna.

– Quantos anos você tem?

– Ticuna.

O médico largou a criança. Queria entender o sentido da expressão que tinha no rosto. A criança parecia alheia e ao mesmo tempo dava a impressão de esforçar-se por fazer algum sentido. Lavais abaixou-se sobre a criança e, em voz baixa, para confidenciar-lhe ao pé do ouvido e para dar-lhe garantias de proteção, indagou:

– Nome do pai?

– Ticuna.

A voz era fraca, mas firme. O olhar perdido não se alterava com as respostas.

– Nome da mãe?

– Ticuna.

Lavais se endireitou e disse para Anita:

– Ticuna é a tribo. Ele só se refere à tribo. Você tem razão, Anita: é choque, e esta mulher é a mãe.

• • •

    A delegacia de governo, o antigo Palácio do Fogo ou do Poente, situa-se numa suave ondulação de terreno. Seus nomes advêm da coloração avermelhada do conjunto. Prédio totalmente erguido em madeira, ostenta em suas torres minaretes, arcos e zimbórios. São vários estilos arquitetônicos superpostos ao longo dos muitos anos gastos na construção. Ou seria mais apropriado falar nas suas várias reconstruções, com uma leve predominância bizantina? As arcadas amplas, sustentadas por colunas simples que terminam em cornijas ricamente trabalhadas, dão imponência ao prédio, além de permitir uma eficiente circulação de ar, o que torna o interior, o pátio e os corredores adjacentes ventilados e agradáveis, mesmo nas horas mais rudes de calor.

    A madeira vermelha, cor natural, nunca pintada, realça o aspecto contraditório que está na raiz da construção. De um lado, aqui não há nada de pedra, granito ou mármore, nada de metal a sustentar ou a ornar o de fora ou o de dentro. Apenas madeira, escolha que traz implícita a consciência do efêmero. Do outro lado, no entanto, o trabalho em detalhes mínimos e preciosos representa justamente a reação contra essa ideia do perecível. É que o engenho e a ciência de várias gerações foram deixando no antigo palácio marcas permanentes de sua cultura, de sua história.

    No Grande Salão de Audiências, o delegado de governo, um civil que, por ser militante do partido oficialista, era na prática a autoridade máxima do lugar, olhava os papéis sobre a mesa. Eturga era um homem corpulento que havia engordado, e com certeza por puro desleixo, muito além das medidas pressentidas como ideais para seu corpo. Em consequência, a cabeça, com alguns poucos fios de cabelo mantidos em desalinho, ficava pequena para o tamanho dos ombros, do peito, da barriga, dos braços e dos dedos das mãos, sempre entrelaçados e apertados até a congestão, que também tomava conta do rosto suado e barbado.

– Chegou há cinco dias no vapor Nara.

– Fui desembarcado à força do vapor Nara, há cinco dias – corrigiu o repórter.

– Porto Nolasco é o fim da viagem.

– Meu destino era Porto Amazonas.

– A partir de Nolasco, toda a região rio acima foi declarada zona de exclusão.

– A razão?

Eturga não tomou conhecimento da pergunta:

– Está hospedado no hotel Colonial?

– Correto.

– Profissão, jornalista.

– Repórter.

– É diferente?

– Diferença sutil.

O delegado de governo não pretendeu indagar mais. Voltou para a folha sobre a mesa. Buscava alguma coisa e deslizava o indicador pelo papel. Não encontrou o que procurava. Cruzou os braços sobre a mesa, descansou o peso do corpo sobre eles e continuou:

– Que veio fazer aqui?

– Há rumores.

Eturga deu uma gargalhada debochada:

– Com toda a certeza, muitos rumores. O que mais há em Nolasco são rumores, rumores e vagabundos.

– Vim ouvir os rumores de perto.

– Rumor se ouve de longe. De perto é outra coisa.

– Se preferir: vim ouvir as vozes, bem de perto.

– Cuidado para não perder a cabeça ao chegar tão perto.

– Recomendação ou ameaça?

– Há rumores por toda parte. As palavras são suas.

– Rumores e espiões, eu diria.

Eturga não se alterou:

– Rumores, vagabundos e espiões então, mas não sei do que está falando.

– Estou falando das pessoas, sua gente, que, além de prender meu passaporte, me segue desde o momento em que pisei nesta terra.

– Minha gente não o segue, seu passaporte lhe será devolvido pelo pessoal do porto.

– Se não é sua gente, quem são eles?

– Nem ideia.

– No entanto, o passaporte me foi tirado por ordem sua.

– Reter o passaporte foi simples rotina, como é rotina pura chamá-lo até aqui, conhecê-lo e perguntar-lhe o que veio fazer neste buraco de fim de mundo. Entenda, senhor jornalista ou senhor repórter, se assim preferir, eu pessoalmente não me importo e tenho minhas dúvidas de que hoje alguém se importe com trânsito, propósito ou destino dos aventureiros que chegam a este maldito lugar. O costume, a máquina burocrática, as fichas que devem ser preenchidas é que importam. Mas ninguém lê, ninguém quer saber. Como pode ver, está livre para ir e vir. Pegue seu passaporte no porto, tenha uma estada proveitosa em Nolasco e fique pelo tempo que achar conveniente. – Eturga se divertia.

O repórter provocou:

– Não posso subir o rio Negro?

– Não.

– Recebi uma ameaça hoje de madrugada.

Eturga sorriu:

– Não teria sido uma ilusão?

– Foi uma ameaça explícita.

– Lamento, então, e espero que não lhe aconteça nada.

– A carta-convite para que eu viesse até aqui, com timbre oficial e tudo, foi violada.

– É claro. O senhor mesmo diz que há espiões por toda parte.

– E a autoridade não faz nada?

Eturga ria impotente, dominado por uma força primitiva que o levava à convulsão. Socava a mesa com as duas mãos fechadas, entre espasmos de ar que lhe brotavam, sincopados e ruidosos, do peito, da garganta, de cada recôndito da boca, enquanto o rosto se tornava denso de cor. Aos poucos, a gargalhada foi se transformando em tosse nervosa numa desesperada procura por ar.

Mais calmo, os olhos molhados, o rosto perdendo a coloração violácea, Eturga levantou a mão como a propor uma trégua. A voz ficou mansa, e a fala, quase didática:

– Não há autoridade quando há rumores, devia saber: uma é a antítese do outro. Nem pode haver autoridade com a corja que se move pelas ruas, empurrada pela seca e pela fome e a quem o mínimo do mínimo, o essencial no osso, o mais básico do básico, não é assegurado. Talvez a metrópole não saiba que a escória que vagueia a nossos pés, que ainda vagueia a nossos pés não se sabe até quando, o faz por simples ignorância de sua força e não pelo sentimento de que haja uma autoridade superior. Até quando, repito, não sabemos. Já viu um elefante de circo? – Eturga fez uma pausa e continuou: – Repare como ele é preso por uma das patas de trás. Uma simples corda, e não precisa ser muito grossa, presa num pedaço de pau, numa estaca qualquer, mal fincada no chão, imobiliza o gigante. Ele não sabe que é apenas uma corda e que é apenas uma estaca. Se soubesse, puxava corda, estaca, circo e toda a vizinhança. Força ele tem para isso. É a mesma coisa aqui: até quando o elefante vai deixar de perceber? – Eturga fez um movimento amplo com os braços antes de continuar. – Porque o dia em que perceber, por puro desespero, solta-se e arrasa tudo o que estiver por perto. Quando? A qualquer momento.

– Não tem uma visão muito otimista do futuro ou mesmo do seu cargo.

– Meu cargo é político. Planto hoje o que posso colher amanhã, sacrifico-me para ser recompensado. O futuro de um político faz parte de um ciclo onde a constante é a busca por ficar em evidência, nem sempre no primeiro lugar.

– E que me diz da proibição de subir até Porto Amazonas?

– Nada. É uma proibição, não me cabe comentá-la.

– É verdade que há uma epidemia por lá?

Eturga parecia querer fazer alguma confidência que não podia ou não devia fazer. Desviou os olhos. Via pela janela o rio escuro que simulava não correr. Sinalizou um ponto situado além das paredes de madeira ricamente trabalhadas do Salão de Audiências:

– Veja, olhe com atenção o rio: imóvel. Repare bem. Percebe-se a reverberação do ar quente, nota-se a desolação da paisagem, aceita-se o desbotamento de todas as cores, toma-se com passividade o deserto. O olhar fica imóvel sob o poder hipnótico da paisagem parada ou abandonada. De repente, algo acontece. Inexplicável, imperceptível quase, mas o fato é que algo acontece: visão, histeria coletiva? Eu lhe digo: há algo de demoníaco acontecendo por lá. – Eturga apontou para a terra que ficava além do rio. – É apenas um rio, um simples escuro rio a nos separar... Ressurgências, dizem. Talvez. – Eturga voltou a rir, uma risada moderada, quase condescendente. – Algo para deleitar os seus leitores na metrópole.

– Não quero divertir leitores. Apenas reportar o que está acontecendo por aqui.

Eturga ficou sério:

– O mal, acredita no mal? Não importa. Eu tampouco sei o que é, mas ele está aqui. – Eturga suava mais do que de costume, os olhos ganhavam um aspecto viscoso, a boca carnosa se enrijecia, os lábios perdiam a cor, formavam pequenos bolsões de saliva branca, como pústulas, nas suas duas comissuras. – Está tudo acabado por aqui. Está tudo acabado. Eu mesmo vim fazer fortuna, trabalhei dia e noite, mas agora o melhor a fazer é sair, pegar o primeiro barco ou trem e ir embora antes que seja tarde. Eu já teria feito isso se não tivesse um compromisso com o partido.

– Quero escrever sobre o que está acontecendo. Ouvi rumores sobre problemas em Pargo Dois.

Eturga pareceu não querer ouvir. As mãos se soltaram, os braços se abriram um pouco, os dedos ficaram livres, perdidos no ar, a massa inteira do corpo estava paralisada.

– O passaporte lhe será devolvido no hotel.
– Houve um novo ataque às terras, uma nova invasão. Vão desativar o veio, é verdade?
– O que quer de verdade?
– Contar, apenas contar.
– Não crê nas forças do mal, estou vendo.
– Pelo contrário, creio nelas porque existem, embora pareça que às vezes ora se escondam nos labirintos da consciêcia, ora desapareçam como aves de arribação.

Eturga demorou em responder. Quando o fez, a voz era neutra, desprovida de qualquer emoção:

– Teoria curiosa, metáfora estranha. Lamento, mas não posso ajudá-lo. Vou cuidar para que lhe devolvam o passaporte.

. . .

O piso da sala de cirurgia era vermelho porque pintado com tinta vermelha ou talvez zarcão. A pintura era antiga. Desbotava em partes e descascava em outras, revelando o piso original de cimento. No chão, além do vermelho da pintura, havia o vermelho escuro do sangue já sem oxigênio. Havia coágulos brilhosos.

A mulher índia estava deitada na maca, nua. Tinha os olhos fechados, os lábios entreabertos. A fronha clara que cobria a maca estava tingida de sangue. O lençol estava jogado sobre a mulher a partir da cintura. Ao lado da maca, sobre o tampo da mesa de instrumentos feita em aço inoxidável, no meio de uma desordem de pinças, bisturis e fórceps, estava a criança. O corpo magro e escuro, estava deitado de lado. Parecia endurecido como num espasmo. Tinha a cabeça gomosa, empinada para a frente; as costas molhadas, arqueadas para trás.

Havia uma janela com duas lâminas de vidro pintadas de branco. A pintura era externa e mostrava arranhões. Os arranhões eram maiores ou mais intensos na base, que era a parte do vidro que os passantes da rua gostavam de arranhar, com uma pedra, com uma lata, com uma chave, por capricho, por brincadeira, quando passavam pela calçada. A janela estava fechada. Pelas fendas maiores, abertas pelos arranhões, mostrava-se a chuva que caía.

O delegado saltou do carro de polícia. A seu lado, vinha Tadeu. O delegado entrou no saguão do hospital. Sacudiu a água da capa, tirou o chapéu, bateu-o contra o peito para limpá-lo da água e voltou a vesti-lo. Tadeu entrou, fechando o guarda-chuva, que escorria água pela ponta aguda de metal. Os dois abriram caminho no meio da multidão de esperantes de alguma coisa que se amontoavam em pé e pelo chão. A multidão, que também era um murmúrio indefinido, deixou que os dois homens passassem.

O delegado e Tadeu entraram no corredor, passaram pela porta da enfermaria, que estava fechada, e foram até o gabinete do doutor Lavais. O gabinete era um quarto pequeno, sem janelas e com duas portas. Uma abria passagem para o corredor do hospital, a outra dava para um pátio interno.

As duas portas estavam abertas, decerto para melhor permitir a circulação do ar abafado. Nas paredes do quarto, havia um calendário e uma fotografia antiga do médico Ramón y Cajal. O prêmio Nobel de Medicina posara para a foto de perfil, a barba aparada, o semblante sério, o olhar distraído.

Lavais estava sentado à mesa de metal que lhe servia de escrivaninha. Escrevia num bloco. Quando os dois homens entraram, levantou os olhos e disse, sem deixar de escrever:

– Entrem e sentem, estou terminando o laudo.

– Tome seu tempo, doutor, e faça um bom trabalho.

Lavais parou de escrever e encarou o delegado.

– Que quer dizer?

Foi Tadeu quem respondeu:

– O prefeito está furioso.

Lavais pesou as palavras que ouvia. Depois disse:

– Ora, foda-se o prefeito.

O delegado sorriu. Tadeu foi quem tomou a iniciativa de explicar:

– Ele diz que isso não era para ter acontecido.

– O prefeito disse isso?

– Disse, disse a mim e depois repetiu na minha frente para o delegado ouvir – respondeu Tadeu. – Eu estava com o prefeito quando a notícia chegou.

– A imprensa está sempre presente – comentou o delegado com um sorriso.

– Não se incomoda de eu estar aqui? Peguei uma carona com o delegado – disse Tadeu.

– Você não ia viajar hoje?

– Ia, mas o avião não consegue pousar, pela chuva. Só amanhã.

– Você acredita? – perguntou Lavais como se, de repente, fosse importante formular a pergunta.

Tadeu não entendeu:

– Como assim?
– A chuva não para amanhã, meu amigo. Isso é chuva para algum tempo.
– Amanhã o tempo melhora – disse Tadeu com convicção.
Lavais moveu os ombros:
– O prefeito disse que não era para ter acontecido?
– Disse.
– E o prefeito disse que não era para ter dado porrada do jeito que bateram?
– Ninguém deu porrada. Meus homens se defenderam – comentou o delegado.
– Arrebentaram a mulher – gritou Lavais socando a mesa.
– Porra, queria o quê? Deram porrada e eles se defenderam. A mulher estava grávida, no último mês de gestação, e fazia parte do grupo que invadiu as terras. Queria o quê, porra? Não tinha era que invadir terra alheia com o ventre prenhado.
– Seus homens são uns animais e o resultado está aí. – Lavais fez um gesto com a mão para sinalizar a sala de operações, que ficava a suas costas. – O prefeito que venha ver o que seus homens fizeram.
– O prefeito não vem e pediu que eu viesse para ajeitar as coisas.
– Ajeitar as coisas, como?
O delegado se endireitou na cadeira e disse:
– Ninguém pode saber que ela morreu. Vamos tirá-la daqui, levá-la para outro centro de atenção. Ninguém pode saber que ela morreu.
– E depois?
– Depois não sei, depois é depois. Depois ela some, é dada de alta e desaparece, sei lá. O que eu sei é que o prefeito não quer que se saiba que ela morreu aqui.
– Sabe duma coisa?
– Não sei.
– O prefeito que vá à merda.
O delegado encarou Lavais:

— Doutor, o senhor não entende. O pessoal lá fora quer saber notícias. Tem mais de cem deles, e todos esperam saber notícias. Se a gente contar que a mulher morreu, não sei, mas acho que invadem o hospital e lincham o senhor.

Lavais voltou a escrever no bloco. Tadeu observou a mão que escrevia. Todos os dedos confluíam sobre a extremidade da caneta e eram eles todos que comandavam os movimentos nervosos, as idas e vindas que a caneta rabiscava sobre o papel. A Tadeu pareceu que a mão que escrevia estava tensa.

Pela porta aberta que dava para o pátio, entrava o rumor sem trégua da chuva. Tadeu viu a cortina esbranquiçada que se estatelava no chão, sem parar, e que se rompia em mil pedaços.

— Eu não tive nada a ver com isso. Quando a mulher chegou a mim, já era um caso perdido, eu não podia fazer nada. — Lavais falava como se resmungasse. Continuava a escrever e não levantava a cabeça. — A mulher foi agredida de maneira selvagem, deve ter tido ruptura do baço, do fígado, não sei que outras rupturas. Era um caso perdido. Os animais que fizeram isso deviam ser presos e castigados. — Interrompeu o que escrevia. — E agora querem sumir com o corpo, querem que eu lhes entregue o corpo para sumirem com ele. Não é isso que querem? Querem o corpo? Querem sumir com o corpo?

Fez-se silêncio. A chuva fervia no pátio interno, martelava as telhas do prédio, estalava nas calhas. O delegado disse:

— Doutor, o senhor diga que a mulher foi transferida esta madrugada. Diga que uma voadeira levou a mulher rio abaixo ou rio acima. Não sei até onde. O senhor sabe mais do que eu onde tem hospital melhor do que este aqui. Diga que a lancha levou a mulher hoje de madrugada e que até agora não se tem notícias dela. Diga que assim que souber vai comunicar. Não diga mais nada. Diga que ela saiu bem daqui, estava estável, como se diz. Estava consciente. Diga que até conversou com o senhor e lhe apertou a mão.

O delegado parou de falar. Lavais perguntou:

— E depois?

O delegado sorriu:

– Depois, espero que a história termine bem para todos nós, doutor. Espero que a mulher seja a única vítima desse lamentável episódio.

– A mulher estava grávida – disse Tadeu.

O delegado e Lavais olharam para ele.

– Não consegui retirar o menino para tentar achar outro ventre onde ele pudesse acabar naturalmente. O feto morreu antes da hora, sem ser absorvido pelo corpo da mãe, uma morte sofrida, desumana e desnecessária.

O delegado levantou-se para ir embora.

– E os corpos, que vamos fazer com os corpos?

– A gente cuida hoje à noite, doutor, quando houver menos gente olhando. Pode ser um pouco antes de o bar fechar. – O delegado sorriu e piscou um olho para Tadeu, que continuava sentado. – Vai ficar?

Tadeu negou com a cabeça.

O delegado e Tadeu saíram.

– Filho da puta – disse Lavais e tinha o punho da mão fechado sobre o bloco de notas.

. . .

    O cargueiro começou a se mover, e as águas até então paradas da pequena baía se agitavam em diminutos redemoinhos que ferviam ao longo do casco. O sol da manhã sombreava a parte baixa do casario do povoado, destacava os telhados mais altos, as fachadas expostas, as torres, as abóbadas, as cúpulas e também uma ou outra rua de terra batida ou empedrada. Os armazéns do cais, de costas para a luz, testemunhavam em silêncio a partida do cargueiro.

    O barco ganhava velocidade e deixava uma esteira de borbulhas amarelas que se desmanchavam com pressa e desapareciam. A quietude das águas se refazia com a passagem do barco, o rio voltava a se fechar à luz e se compactava para se abster de todas as cores. Em pouco tempo, o cargueiro deixou a baía, virou contra a corrente e se pôs a subir o rio Negro. Na confluência com o rio das Pedras, que desce das cordilheiras, manteve o rumo oeste.

    Era uma embarcação bojuda, usada no transporte de mantimentos entre Porto Nolasco e Porto Amazonas. No convés inferior, se empilhava a carga: máquinas, peças de reposição, material de construção, alimentos em sacas de juta, tambores e latas, garrafas e garrafões. No convés superior, estavam as redes coloridas, que ninguém desarmava e eram ocupadas à noite. Durante o dia, o sol forte era mantido afastado por toldos de encerado. À tarde e pela manhã bem cedo, a luz encontrava caminho pelas laterais e afugentava a todos, que iam perambular pelos lados do barco, os que estivessem escondidos da luz.

    Às vezes, a tripulação tinha que comandar a circulação dos bolsões de gente que se criavam, para evitar que o barco adernasse de maneira perigosa, mas era ordem passageira, e todos voltavam a se concentrar em pontos ao abrigo do sol. Não havia nada a fazer a não ser esperar pelo meio-dia, pelas horas da sesta, as mais quentes por um lado, as mais protegidas do sol no entanto, as horas em que o barco navegava mais aprumado.

Além da tripulação de sete homens, um punhado de passageiros aproveitava a frequência semanal e embarcava para a viagem de dois dias; eram pequenos funcionários, empregados da estrada de ferro que compensavam o desconforto da viagem com a economia que faziam pelo baixo preço da passagem.

Os paquetes de transporte de passageiros eram mais rápidos e levavam um dia e algumas horas para fazer o mesmo trajeto. Eram mais confortáveis e com passagens bem mais caras. Começaram a navegar no auge da construção da estrada de ferro. Duas embarcações modernas de três andares, o convés de baixo reservado exclusivamente para o transporte de carga, o segundo convés, para os camarotes, e o terceiro convés, para os salões. Os paquetes faziam viagens diárias entre os dois portos nos meses de verão. A frequência diminuía nos outros meses, e não havia serviço durante a época das chuvas, que eram os meses de inverno.

A fama dessas viagens se fez em pouco tempo. Era comum encontrar a bordo diretores da empresa, funcionários graduados, autoridades, homens de negócio, artistas, cronistas e muitas vezes famílias inteiras. Os que não estavam, de uma forma ou outra, ligados ao projeto da estrada de ferro faziam a viagem para conhecer a "grande obra" no meio da selva ou, como se dizia, para ver "a chegada da civilização ao inferno verde".

Embora curta, a viagem tornou-se falada pela sofisticação crescente dos passageiros e dos eventos a bordo. Eram concertos, recitais de poesia, exposições, palestras, bailes de gala e banquetes, tudo para amenizar o passar das horas, mas também para reiterar os valores de uma cultura exposta ao assalto do meio ambiente incivilizado. Servia-se à mesa em porcelanas trabalhadas. Ocorriam reuniões nos salões atapetados, cobertos de madeira, de vidros e espelhos de cristais cinzelados. Vestia-se com grande pompa e rigor, e as maneiras de todos, homens e mulheres, traspassavam de afetação quando em contraste com o meio rude e selvagem que existia fora de bordo, nas margens do rio e para além das margens, nos dois polos da viagem, o porto de partida e o porto de chegada.

As mulheres, então, talvez porque chegassem a Nolasco vindas de outras paragens e sem mais delongas embarcassem para o desconhecido que era Porto Amazonas, sem nenhuma transição, eram as que mais contrastavam. Vestidas de seda, apesar do calor, vestidas de tafetás pesados, de todo impróprios para o clima, passeavam suas origens pelo convés, pelos salões. Não se importavam com o lugar em que estavam. Buscavam mostrar uma enorme superioridade relativa e calavam qualquer emoção com tudo o que viam, como se estivessem acostumadas a ver mais e melhor. Desfilavam em horas programadas pelos diferentes *decks*, juntavam-se em grupos pelos salões, isolavam-se nos camarotes, descansavam, recuperavam forças e se preparavam para voltar.

Os homens eram diferentes, por um pequeno detalhe revelador: a angústia medida que se lhes lia nos semblantes, o traço de dúvidas estampadas nos olhos. Alguns procuravam adivinhar a terra em que penetravam e sabiam esperar pelo desconhecido que sempre se impunha. Os que ainda não haviam posto pé no inferno procuravam antevê-lo com precisão e se perturbavam quando intuíam que mesmo a previsão mais rigorosa seria derrotada pelos fatos, mutantes em essência.

Depois do almoço, depois do jantar, os homens reuniam-se para fumar e para conversar sobre negócios, sobre política, sobre a estrada de ferro, sobre as tendências e perspectivas. Enquanto tiravam o melhor partido das folhas de tabaco em longas tragadas, que intercalavam com goles de brande ou porto, recordavam ou simplesmente ouviam sobre os primeiros tempos, a epopeia do começo, os sofrimentos do início. Procuravam compor, a partir dessas experiências, as lições para enfrentar o presente e desenhar o futuro com doses de otimismo. Nas poucas horas de navegação que passavam subindo o rio, afastados das margens selvagens, ajudavam a recriar, no pequeno espaço flutuante, usos e costumes guardados na memória, como para se defenderem preventivamente do novo ou do pouco conhecido que os aguardava. Todos sabiam, com maior ou menor grau de consciência, que, por trás das aparentes dádivas que a natureza prodigava, a vida era incerta, rude, e tudo era mantido com sacrifícios.

Durante uma parte da viagem, no entanto, esquecia-se a preocupação com o futuro, que, ali e naquele momento, ninguém sequer imaginava que viesse a ser tão sombrio, tão frustrante. Comemorava-se com alegria comedida o enganoso domínio da vontade sobre aquela natureza. Os homens não ficavam atrás das mulheres na toalete: vestiam, com formalidade extraordinária, alpaca e casimira, e sabe-se lá como faziam para suportar o calor. Ninguém se incomodava com ele, que era relegado à condição de um *fait divers* sem importância.

A partir de certa época, quando a viagem já se tornara conhecida e famosa pela elegância e sofisticação de todos a bordo, a companhia de navegação resolveu prolongar-lhe a duração, programando uma parada dos paquetes num remanso que havia na metade de caminho entre Nolasco e Porto Amazonas. Ou seja, foi para exaltar ainda mais o espírito civilizador da época que se aumentou a duração da viagem. Buscava-se impor ao meio hostil sinais evidentes de domínio. Ficava-se um dia e uma noite ancorado no meio das águas paradas, sob um calor mais intenso ainda, pois o remanso encontrava-se protegido por uma vegetação que não deixava passar as correntes de ar intermitentes que iam e vinham, do rio para a floresta e da floresta para o rio.

Os ventiladores de madeira, suspensos do teto de cada compartimento da embarcação, faziam o possível para amenizar a temperatura, movendo e removendo a massa pesada de ar quente e úmido. A bordo, todos celebravam a parada e desdenhavam os feitos do clima. Por cima de todo e qualquer sofrimento eventual, era como se tivessem acordado que a parada fosse necessária para que se cumprissem os rituais que asseguravam a plenitude explícita de uma maneira de ser, de conviver com o semelhante e de derrotar circunstâncias, tidas como passageiras.

Durante uma dessas escalas, aconteceu o que, para muitos, mas não para todos, foi uma tragédia. A ausência de unanimidade na classificação dos eventos que duraram uma noite e culminaram com o desaparecimento de duas pessoas deve-se não à falta de conteúdo trágico das horas vividas, mas a uma postura fleumática de parte de alguns dos envolvidos.

O navio havia jogado ferros pela manhã. O calor era forte, como de costume. Não soprava nada, as águas do remanso, paradas como de hábito, estavam mais quietas ainda naquela manhã. Tinham uma coloração, uma consistência, um aspecto de coisa sólida. As águas pareciam uma superfície de grosso plástico, uma pele de poliuretano, opaca, mortiça, sem poderes para refletir a luz intensa que pairava sobre tudo. No céu, não havia azul, tampouco traço algum de nuvem. Um meio leitoso e indefinido desmanchava os contornos, apagava as distâncias e deixava todos com uma pesada lembrança de opressão. Ao meio-dia, no começo do almoço que era servido no *deck* principal, todo entoldado para proteger dos raios de sol, mas que, na ausência deles, servia para sufocar ainda mais os comensais, alguém notou um estranho odor que parecia se desprender das águas e que invadia o ar rarefeito que todos respiravam com dificuldade.

O odor, ligeiramente ácido, podia ser descrito como inquieto, cheio de escamoteios. Mostrava uma profundidade escura, que prometia, de alguma forma que todos entendiam, ir aumentando com o passar das horas, até a saturação. O odor se sobrepunha ao cheiro do zarcão e da ferrugem do casco do barco, ao da tinta plastificada e ao do verniz que protegiam a superfície de ferro e madeira. O odor também se distinguia do cheiro das tábuas lavadas do convés e do cheiro de óleo que subia das máquinas.

Quando o odor já havia se transformado em tema de conversação de todos, percebeu-se a ausência do perfume adocicado que se desprendia da floresta de forma costumeira. O perfume era uma presença constante durante a viagem pelo rio. Chegava, mas era odor composto. Agora, que havia desaparecido, passageiros e tripulantes, estes com mais experiência, se puseram a buscar pelo olfato as diferentes origens ou partes:

madeiras, folhas, caules, flores, terras, entranhas, sobras putrefatas, o convívio íntimo entre as essências da vida e da morte, que costumavam se desprender do que havia por ali.

O "cheiro a cloaca", como o odor passou a ser reconhecido no início da tarde, aumentava, e os passageiros cobriam as narinas com lenços de linho embebidos em perfume. No começo, pareciam se divertir com a anomalia, até porque o gesto de cobrir parte do rosto, deixando visíveis apenas os olhos, insinuava um ambiente de *bal masqué*, o que tornava o momento menos tenso. Mas, com o passar das horas, o odor foi ganhando em potência, até conseguir penetrar as finas malhas do linho, vencer a barreira do perfume e ferir intimamente os vestíbulos nasais. Não havia como se defender. Nos camarotes, nos salões e nos espaços ao ar livre, respirava-se o mesmo ar nauseabundo. Alguns desmaiaram.

Lá por volta das cinco da tarde, quando em situações normais estariam todos reunidos em volta das mesas do chá, o odor desapareceu. De repente. Estava lá e, no instante seguinte, não mais estava. Foi um alívio e, apesar do calor úmido que fazia, foi poder voltar a respirar de forma farta e esbanjadora.

Não ficou nenhum sinal do cheiro, mas ele não foi substituído pelo perfume doce da floresta. Nada. O odor foi embora, e ficou um vazio olfativo, que, sem chegar a incomodar, tornava imponderável o estar no mundo.

Ao mesmo tempo, as águas do remanso perderam a aparência de plástico e pareciam ter se solidificado por completo, como pedra, em volta do navio. As margens, apagadas pela bruma, ganharam contorno, se destacaram.

Mas foram logo vencidas por uma noite que chegou sem aviso. Não eram seis horas (naquela época do ano, o sol se punha por volta das sete), e tudo ficou escuro, mergulhado na mais fechada das trevas. As luzes do barco foram acesas, mas nenhuma delas tinha força para vencer a escuridão. Não se enxergava nada. Além do mais, tudo estava quieto, tudo estava parado, e todos a bordo mostravam uma infinita lassidão, o que tornava inoportuna qualquer conversa.

O silêncio era perturbado pelo ronronar das máquinas e pelo ruído disciplinado dos ventiladores de teto. Nada mais se mexia. Esse estado de coisas durou um bom tempo. Ocorreu, então, um afrouxamento da escuridão. As luzes voltaram pouco a pouco a iluminar como de costume, ganhando terreno sobre a noite. Sem haver revelação alguma de movimento, parecia como se as coisas estivessem em processo de se libertar de um jugo opressor e quisessem voltar a se mexer: as águas do remanso perderam a característica de sólido, o ar recebia com timidez promessas de aromas, e o ruído das máquinas e dos ventiladores mantinha perspectiva sobre uma nova presença sonora, que começava a aparecer, ainda incerta, quase indefinida e vinda de longe.

Era um ruído ou seria apenas a impressão causada pelo silêncio anterior, deixada em cada tímpano. Era uma vibração mais que um ruído, mas não se via vibrarem os cristais postos sobre a mesa ou as garrafas enfileiradas nas prateleiras. Vibravam os ossos. Era uma premonição de coisa ruim. E, à medida que os minutos escorriam, a certeza do mal foi ganhando as consciências.

A noite se abriu por completo, transformou-se numa noite doce de verão; o céu alto mostrava as estrelas e as constelações; as águas do remanso estavam inquietas e fervilhavam contra o casco do navio. Das margens da floresta, chegava um perfume suave, formado com as essências primárias do que existia, ia e vinha, carregado pela brisa, das margens para o rio, do rio de volta para o começo. E outra vez tudo voltou a ficar quieto. Parou a brisa, foi embora o perfume, as águas estavam petrificadas de novo. Nada se mexia. Só o ruído, que era vibração mais que ruído, movia-se e aproximava-se. A bordo, aguardava-se o desenlace como se todos estivessem à beira de um precipício, ameaçados pelo vazio que a qualquer momento podia reclamá-los. Ninguém ousava emitir qualquer som, com medo de expressar o que acontecia. A noite foi ficando compacta e baixa, as estrelas e as constelações sumiam, uma a uma.

De repente, em segundos, o céu fugiu por inteiro para um lado e uma golfada de ar quente abateu-se com peso sobre o navio, numa explosão ensurdecedora. Deflagrou-se o inferno. Paredes de vento e água desciam dos céus, rompiam contra os lados do barco e o faziam vergar. A água penetrou com força nos salões, derrubando cadeiras e mesas, rachando a madeira, expondo pregos, quebrando vidros, louças, cristais. Depois, a água jorrou pelos corredores, carregando detritos venenosos, e inundou os camarotes escuros, em meio a gritos de pânico e de correrias, de passageiros e tripulantes. O navio ferido apitou a lúgubre sirene de sinistro, mas a ninguém servia ouvir. O rio saltava do seu leito, subia inteiro, metros acima das árvores, invadia as terras indefesas das margens, revolvia e afogava o que estava em seu caminho e vinha se estatelar contra os costados do paquete, empurrando contra o casco os escombros do que havia arrancado. O capitão mandou que se fechassem as comportas para isolar as diferentes partes e assim evitar a inundação derradeira. Vários passageiros e alguns tripulantes foram surpreendidos por essa manobra. Uns, os mais afortunados, ficaram presos no interior, entre duas comportas fechadas, nos camarotes, nos corredores internos. Em alguns compartimentos, a água e os detritos chegavam aos ombros e podiam subir mais com o cabeceio ou com a inclinação intempestiva do barco. Outros passageiros, os que procuravam fugir do túmulo pressentido no interior, foram surpreendidos do lado de fora pela força da tormenta. Com portas e comportas fechadas, suportaram na carne toda a violência dos ventos, aferrando-se a qualquer ponta, a qualquer saliência para evitar a fúria que os queria varrer para longe.

Poucos, pouquíssimos, foram os que, apesar do medo, puderam passar a noite terrível ao abrigo das águas e do vento. Um dos salões, o reservado aos fumantes, foi poupado da invasão e nele se refugiaram alguns homens e algumas mulheres. Por respeito a estas, ninguém fumou, e quando o dia começou a raiar e a tempestade suavizou seu ímpeto, conseguiu-se fazer um apanhado positivo da situação: o pior havia passado e, afinal de contas, que fazer nestas paragens? Era assim mesmo. Um balanço mais apurado contabilizou feridos e dois desaparecidos, um casal de passageiros, que foi visto pela última vez tentando ganhar o passadiço no momento em que mais terrível era o vento.

    Quando começaram os problemas rio acima, a Companhia da Estrada de Ferro e as autoridades do governo resolveram não mais permitir visitas de famílias, artistas, cronistas ou as de qualquer pessoa que não estivesse a serviço dela e da estrada de ferro. Os paquetes, que antes saíam lotados, perderam sua carga festiva, ganharam semblantes sombrios. Mais tarde, com o agravamento da situação e como os paquetes saíssem com menos gente ainda, baixou-se a frequência. O fluxo de passageiros continuava a diminuir: suspendeu-se o serviço, os paquetes foram desativados e se ficou apenas com o serviço de carga. Quando havia necessidade de transportar alguma autoridade ou algum funcionário graduado, contratava-se um motor, que fazia a viagem com rapidez, embora sem conforto e com pouca segurança. Restava a subida do cargueiro, sem dia certo, quando era necessário levar mantimentos. Viagem de dois dias, monótona, sem nenhum paliativo. Mas eram outros tempos e havia que se sujeitar a eles.

. . .

A delegacia de polícia era uma pequena casa solta no meio da noite. A chuva aumentava a sensação de coisa afastada de tudo. A rua sem calçamento era um lamaçal. A passagem de veículos havia convulsionado a superfície de barro e o que se via era uma malha confusa de sulcos, trilhas, poços, montículos. Em alguns pontos, essa paisagem minúscula, que poderia lembrar o terreno de guerra de um exército liliputiano, com suas barricadas e trincheiras, brilhava sem muito ânimo pela ação da luz amarelada que saía das janelas da delegacia.

Em frente, do outro lado da rua, havia um grupo de pessoas concentradas. As pessoas esperavam em silêncio debaixo da chuva, os olhos, pacientes e teimosos, postos na casa de polícia.

A delegacia recebia seu lote dos dias de chuva. Os peões da estrada de ferro eram trazidos por agentes ou por populares. Alguns feridos sem gravidade, alguns espumavam de raiva, alguns não se tinham em pé e eram tocados aos empurrões, aos tropeções para dentro, para a sala de triagem e, de lá, para uma das quatro celas imundas e abafadas, que já estavam lotadas. Os recém-chegados entravam aos chutes e aos palavrões. Quando parasse de chover, e se sobrevivessem às rivalidades dentro das masmorras, seriam soltos e mandados de volta para as frentes de trabalho.

O delegado olhava o homem que tinha a sua frente. Não o fizera sentar. Lembrava do rosto, mas não lembrava a quem pertencia. O homem repetiu o que acabara de dizer:

– Tem um crime que eu quero denunciar.

Juca Barbosa olhava o homem e queria um nome para associar ao rosto.

– Quem é você?

O homem pareceu surpreso. Estava claro que pretendera ser reconhecido.

– Sou eu, doutor, Tenório Miranda.

– Tenório Miranda – disse o delegado, e queria ouvir mais.

– Tenório Miranda, doutor. Trabalho para o doutor Ugarte.

O delegado espalmou a mesa com força para mostrar que o tinha reconhecido.

– Claro, Tenório! E daí?
– Tem um crime.
– Qual crime?
– Ugarte está morto.

O delegado olhava para Tenório. O mestiço tinha os olhos opacados pela catarata. Mesmo assim brilhavam, pelo suor, pela tensão, pelo medo.

– Seu patrão está morto?
– Sim senhor, Ugarte, meu patrão.
– Um crime, você diz.
– A mulher matou ele e enterrou ele.
– Maira?
– Aquela mulher não presta.
– Maira?
– É uma cadela.
– Porra! Que merda é essa? Que merda é essa? – Foi se aproximando de Tenório.
– Ela matou ele, doutor.
– Porra! Quando? Onde?
– Deve ter sido esta madrugada, doutor. Eu ouvi quando a mulher falava com o homem, quando ela disse que tinha matado Ugarte, que tinha enterrado o corpo e que agora era uma mulher livre. Eu ouvi, doutor. Aquilo não presta.
– Você ouviu onde?
– Devia ser umas quatro horas da manhã. Eu estava acordado e senti que havia gente na casa. Eu durmo num porão que fica bem debaixo da varanda que dá para os fundos. Chovia muito, mas ouvi que falavam. Levantei e cheguei até a escada que dá para uma ponta da varanda. Não subi a escada porque caía uma chuva braba e também porque eu não sabia quem estava na varanda. Sabia que tinha um homem e uma voz de mulher. Mas logo deu para ver que era a mulher de Ugarte, e

quando ela disse que tinha enterrado o corpo e que agora era uma mulher livre e que ele não precisava ir embora, eu sabia que falava com o amante.
– Ele ia embora?
– Foi o que ela disse, que ele não precisava mais ir embora.
– Quem é o amante?
– Não sei, doutor. Não deu pra ver.
– E como você sabe que era o amante?
– Porque eu sei que ela brincava quando Ugarte não estava em casa. Eu sei que ela está grávida e não é fruto de Ugarte. Ela tinha um amante, doutor.
– Você viu esse amante alguma vez?
– Ver eu nunca vi, mas sei que existe e ontem eu ouvi ele falar.
– E ele ajudou Maira a matar Ugarte?
– Não sei, doutor.
– Ajudou a matar e a enterrar?
– Não sei, doutor.
– Ugarte é um homem grande.
– Muito grande mesmo.
– E você acha que Maira matou sozinha e enterrou sozinha?
– Não sei, doutor. O que eu sei é que ela falou para o homem que estava na varanda que tinha matado Ugarte e que tinha enterrado Ugarte.
– Onde está Ugarte? – perguntou Juca Barbosa, como se toda a fala de Tenório não tivesse existido.
– Está morto – respondeu Tenório sem se abalar.
– Está morto – repetiu o delegado.
O rosto de Juca Barbosa estava a alguns centímetros do rosto do mestiço. Podia ver a pele fendida e envelhecida, como um caminho de barro depois de uma chuva forte. Os lábios de Tenório mostravam uma superfície de pele mais lisa, como se representassem uma pausa ou uma trégua conseguida na tormenta que tomava conta do resto. Os lábios entreabertos e feridos pela ação do cigarro deixavam ver um dente incisivo manchado,

partido na diagonal, e um canino solitário, orgulhoso como um obelisco. O delegado podia sentir o hálito podre das cáries, mas não detectava a presença adocicada de cachaça.
– Você sabe o que está me contando?
– Estou denunciando um crime, doutor.

• • •

As margens do rio eram desertas, e se navegava sem encontrar nenhum vestígio de povoado, aldeia ou assentamento. A vegetação em ambas as margens era rala, composta de arbustos descoloridos pela luz do sol. Por volta do meio-dia, começaram a aparecer as primeiras árvores de porte, um pouco depois os primeiros bosques, e à tarde o cargueiro navegava por um rio mais estreito, mais fundo, um caminho de água no meio da floresta. A floresta parecia se jogar sobre o rio a cada instante para abafá-lo e contê-lo, numa promiscuidade de galhos, raízes, troncos, folhas, cipós e lianas; às vezes conseguia seu propósito, e o rio portentoso se via transformado em simples riacho que ia buscar a sobrevida nos baixios da floresta fechada e resignava-se a ser uma estreita e escura língua entre árvores. Mais à frente, o rio ganhava a batalha, voltava a se alargar; depois era dominado e de novo perdia seu tamanho.

Longe da atenção do repórter, que anotava o que via, os dois motores do cargueiro faziam vibrar a estrutura da embarcação, que era quase um rumor retilíneo, mas em que pontilhava, para um bom observador, a descontinuidade intrínseca de toda aparência, manifestada pelo seu avesso.

A tarde ia caindo, a luz já não se animava com tanta volúpia para dentro da floresta, a massa de sombra homogênea se aprofundava e se alongava pelos dois costados.

Navegavam em águas largas e escuras; as margens não mais se projetavam sobre o rio. Era o rio que agora as invadia e se prolongava nelas. Parecia mesmo levantar-se do leito nos dois lados, em manchas confusas e recortadas que buscavam o céu como se houvesse algum desígnio não contado.

Foi então que apareceu o outro barco deslizando rio abaixo. Não trazia luzes e podia ser um pedaço de mata, um promontório, uma ilhota. Logo se revelou o movimento sobre a água e, depois, as formas contrárias da popa e da proa, o mastro, a chaminé.

O barco descia o rio e ia cruzar com o cargueiro pela esquerda. O repórter estava acotovelado no tombadilho. Fechou as mãos para proteger os olhos da luz que iluminava o passadiço e esperou que eles se acostumassem à escuridão criada. O barco se aproximava e alguns detalhes podiam ser percebidos. Parecia cargueiro, um pouco maior que este em que estava. Era mais veloz também: apesar de navegar a favor da corrente, via-se como cortava, revolvia, levantava água na passagem. Estava a poucas centenas de metros de distância. Bruscamente, como se fosse inimigo e para encarar o inimigo, virou a proa e modificou a trajetória para aproximar-se ainda mais.

A proa, gorda e pesada, agora se voltava ameaçadora, como se fosse dar combate frontal ao flibusteiro. Com a rápida aproximação, a velocidade parecia aumentar. A brisa que soprava naquele instante vinha da mesma direção e se percebia o ruído que as máquinas faziam e o som da água sobre o casco, como o bufar de um animal.

O repórter levantou os olhos para detectar algum movimento na ponte de comando do cargueiro. Não havia ninguém que pudesse ver. Voltou os olhos para o barco que chegava perigosamente. Ocorreu-lhe a ideia de que, por algum motivo inexplicável, a ponte de comando estivesse deserta, o leme abandonado e o navio entregue a sua própria sorte, numa rota louca de perdição. Apavorou-se. Ia pular até a escada que leva à ponte, ia galgar todos os degraus quando viu num relance a silhueta robusta do capitão, em pé, na ponte. O rosto foi iluminado pelo fulgor de um fósforo, e o repórter ainda pareceu ver a forma das mãos do capitão fechadas ao redor de um cachimbo.

O capitão não parecia se importar com a aproximação do outro barco. Puxou uma longa baforada e olhou na direção oposta à da ameaça que chegava. O repórter prendeu a respiração: a enorme massa negra estava agora a apenas metros de distância, as duas âncoras de ferro à mostra, como se fossem as ventas de uma fera impossível. Começou a gritar para chamar a atenção do capitão, mas a voz não era suficiente e não vencia a voragem de ruídos. O barco estava em cima deles, a proa escura se lançando sobre o lado e agora, bem próximo, ganhava luz. Os rebites das chapas de metal sobressaíam e ameaçavam perfurar o que alcançassem tocar. O choque era inevitável. Um apito desesperado, que saía das entranhas do monstro, impôs-se.

Não houve o embate: a proa fugia rente ao passadiço, e as âncoras mudas deslizavam ameaçadoras em sentido contrário, a portada de braço quase tocando o corrimão de madeira. As luzes do cargueiro em que estava o repórter, as da ponte, as do convés, as do passadiço, iluminavam a passagem daquela massa escura e bruta que, enfim, não colidiu e passou rente, vazia, agora desmotivada.

O repórter olhou para cima, o capitão já não estava. Subiu a escada, caminhou pela ponte até o leme e encontrou o piloto, jovial, alegre mesmo, a observar as medições do ecobatímetro, o que, naquelas paragens, era a única maneira confiável de permanecer na rota certa, na segurança do canal de navegação. O repórter não se conteve e reclamou:

– O senhor quase provoca um acidente – disse, procurando controlar a respiração ofegante.

Não era verdade, porque o acidente estava sendo provocado pelo outro barco, mas o importante era botar para fora a indignação que o pavor da morte lhe provocara. O piloto olhou para ele sem dizer uma só palavra. O repórter não deu trégua, porque continuava fragilizado e procurava voltar ao equilíbrio:

– Se não fosse a manobra de último segundo do outro, estaríamos todos despedaçados. – Imaginava a cena das pessoas se debatendo nas águas escuras, entre ferros retorcidos e madeiras estilhaçadas.

O piloto olhava e não dizia nada. O repórter queria alguma reação. Era necessário que se reconhecesse o perigo que haviam passado, era preciso trazer à luz esse fato obscuro. Depois viria a paz, a alegria por estar inteiro e qualquer possibilidade de perdão. Agora era hora de protestar ou de pelo menos entender o absurdo da inação dos tripulantes diante dum perigo como aquele. Que diabos tinha ocorrido ali?

– Canalha! – vociferou numa última tentativa de conseguir a adesão do outro para seu drama, por enquanto solitário.

– Não grite com meu subordinado. Posso colocá-lo a ferros até o fim da viagem. – Era o capitão e acabava de entrar. – Onde pensa que está?

– Num cargueiro que quase foi abalroado pela imperícia de seu comandado.

A resposta do repórter teve por consequência o destempero do capitão:

– Quem é o senhor para falar assim de um homem meu, quem o autoriza a pôr em dúvida meu trabalho, quem é o senhor, o que faz?

– Escrevo – gritou o repórter.

E o capitão no mesmo tom:

– Pois escreva certo e não se deixe levar pelas aparências.

– Escrevo sobre fatos.

– Que foi que viu? Hein? O barco? Um barco perdido, sem nenhuma iluminação, que aparece no meio do rio, vira a proa e se lança sobre seu alvo em insana carreira, é isso que viu? Responda!

A situação acabava de ser reconhecida. Havia agora uma informação compartilhada, e, por isso, o repórter respondeu com menos angústia:

– Vi um barco, seria um cargueiro, sem luzes, que quase nos abalroa e nos parte ao meio.

O capitão se acalmou de repente.

– Cruzamos com alguma nave nas últimas horas? – A pergunta era para o piloto.

– Não, capitão.

– Cruzamos com alguma nave desde que saímos de Porto Nolasco?

– Não, capitão.

– E já que estamos neste simpático joguinho de perguntas e respostas, diga-me: iremos cruzar com alguma nave até chegarmos ao destino?

– Não, capitão.

O capitão mostrou a palma das duas mãos.
– Está vendo, não cruzamos nem vamos cruzar com ninguém, pelo simples motivo de que não há ninguém em todo o rio Negro. Nós e mais ninguém.
A indignação do repórter cedeu lugar à incredulidade, que se mostrava tão apaixonada quanto a primeira:
– Como? Eu vi!
A voz do capitão deixava de ser amigável, o volume subia:
– Pense como quiser. Só lhe digo uma coisa: da próxima vez que destratar um de meus homens, eu o ponho a ferros e o desembarco debaixo de escolta armada. É tudo! Retire-se da ponte de comando: esta área é privativa da tripulação.
O tom de voz não dava direito a nenhuma argumentação e só restou ao repórter obedecer e sair.
– Uma última coisa. – A voz colérica não se acalmava. – Anote bem isto: não fumo, nunca fumei, nem cigarro, nem cachimbo. Saia!

De manhã, passaram por uma região de corredeiras que desaguavam no estreito canal por onde se podia navegar. À noite, a tripulação redobrou a guarda para atravessar os turbilhões, sempre imprevisíveis e perigosos. No dia seguinte, avistaram ao longe as formações da cordilheira e chegaram a Porto Amazonas.
Ficaram ao largo, no meio da baía, porque o desembarque não estava autorizado. A noite foi caindo e as primeiras estrelas venciam com timidez as sobras do dia. A água da baía parecia uma língua opaca, lisa, escura, pouco interessada em refletir as claridades ocasionais que pingavam dos prédios soturnos à beira-rio, do porto, dos armazéns fechados, dos rebocadores e dos cargueiros que aguardavam autorização para sair da baía ou para atracar no cais estreito, feito com madeira e ondulado pela força do tempo. A superfície da água estava colmada com detritos e pedaços de muitas partes, paus, papéis, couros, vidros, fios de cabelo, fios vegetais, fios sintéticos, fezes, carnes, cartilagens, seres mortos com olhos esbugalhados pela falta de

oxigênio, e tudo isso criava um cheiro de partes indefinidas que se movia como um gigante de pesadelo.

Manhã. Chegada a Porto Amazonas depois de uma viagem penosa e cansativa subindo o inóspito rio Negro. Muito calor. As autoridades do porto são exigentes, e todos somos submetidos a um intenso interrogatório antes de poder desembarcar. Querem saber o motivo da viagem, a duração da estada, um endereço para contato. Digo que fico no hotel Imperial. A autoridade se surpreende, me fita e corrige com mau humor:
– Hotel Colonial.

O navio não atracou. Ficamos ao largo durante um dia e uma noite. Tempo para que as autoridades confiram papéis e documentos. Os meus estão em ordem, trabalho de profissional. Sou eu mesmo, apenas trabalho para outro, para a Companhia da Estrada de Ferro, e este pequeno engano faz toda a diferença. Os documentos dizem que trabalho para a estrada de ferro. Por isso vão me autorizar a desembarcar. O funcionário da imigração sabe minha profissão, está nos documentos, e eu mesmo a informei duas ou três vezes. Mesmo assim, indaga, desconfiado:
– Jornalista?

Eu implico, de birra:
– Repórter. – O policial olha para mim e não diz nada. Não importa, a pergunta está nos olhos carregados de suspeitas, no rosto obediente. Depois de um curto silêncio, emendo: – Há uma diferença sutil.

O policial olha, volta a examinar os documentos que me credenciam como profissional. Espera encontrar alguma falha neles, é minha impressão pelo tempo que leva examinando o documento de trabalho e as diferentes páginas do passaporte. Está tudo em ordem. Sem informar que está tudo em ordem, ele me entrega o passaporte com um gesto brusco, embora relutante.

O desembarque é feito em pequenos grupos. Abordamos um escaler precário. Somos seis a bordo, com bagagem e mais o marinheiro. O motor de popa tosse algumas vezes, hesita, reclama, mas pega ao fim e, espirrando fumaça com óleo e água quente, empurra a embarcação até o cais. O cargueiro está rodeado de botes, canoas e motores que o aliviam de toda a carga. Parecem formigas em volta do mel.

À tarde, zarpou, desceu o rio.

. . .

    Quando chovia muito, os janelões que davam para a rua eram fechados. O ruído persistente da água caindo sobre a rua, sobre os galhos e as folhas das árvores da rua era tão intenso que ou se fechavam as janelas ou não se podia manter conversa alguma no interior do bar. Mesmo com os janelões fechados, a chuva se fazia ouvir, era uma ameaça abafada que dizia respeito a todos. Os ventiladores giravam e matraqueavam em seus eixos a cada giro. Conseguiam com esforço mover o ar pesado e carregado de umidade.

    O bar tinha mais gente que de hábito. O pessoal da estrada de ferro, não a peonada, mas os chefes de obras e os chefes de quadrilhas, havia começado a chegar à tarde e havia começado a beber. Bebiam, falavam em voz alta, riam a gargalhadas por qualquer motivo tolo.

    O delegado entrou, viu Tadeu e Malô e caminhou até a mesa deles. Caminhava e passava as mãos pelas mangas e pelas duas pernas da calça e tentava limpar a água que molhava o tecido das roupas.

– Delegado – disse Malô.

    Juca Barbosa puxou a cadeira e sentou. Malô tinha o copo de burbom na mão. Tadeu bebia uma cerveja.

– Os corpos começaram a chegar – disse Tadeu.

– Dois corpos – disse Juca Barbosa e continuava a alisar as mangas com força para espantar a água.

– Soube por ouvir dizer, mas ninguém me procurou – disse Malô.

– Não era necessário. Os dois estavam queimados, mordidos pelos peixes, e tinham documentos. Chamar o doutor pra quê? Um enfermeiro atestou os óbitos, e eles saíram da água diretamente para debaixo da terra – disse o delegado.

– Pode? – perguntou Tadeu.

– É entrevista?

– Não.

— Não pode, mas, neste fim de mundo, pode — sorriu o delegado.
— Homem, mulher?
— Um homem e o filho, um menino de uns dez anos.
— Vão chegar mais corpos, com certeza — disse Malô.
— É possível. Talvez chegue algum hoje à noite, talvez amanhã ele já nem esteja mais aqui.
— Uma noite no rio, os peixes não perdoam — comentou Tadeu e soava falso, pois não parecia ter intimidade com rio, peixes e coisas da floresta.
— Seria bom para aliviar seu trabalho — disse Malô para o delegado.
— Pois é, doutor, seria mesmo bom.
Ouviu-se o estampido de um tiro. Tadeu perguntou:
— Não é tiro?
— Deve ser o pessoal da estrada de ferro — respondeu o delegado e olhou na direção de uma das mesas onde se divertiam os chefes de obra. Nenhum deles parecia haver ouvido o estampido.
— Hoje morreu um de facada.
Tadeu olhava para fora, pelos janelões, mas não havia nada para ver. A cortina de água que caía apagava qualquer presença.
— Não vi ninguém da estrada de ferro no hospital — informou Malô.
— Não era para ver mesmo. O cara caiu fulminado por um golpe de estoque, certeiro ao coração, nem deve ter sentido que morria.
— Bela maneira de morrer. Assim de surpresa.
— Será? — duvidou Tadeu.
— Vou pegar alguma coisa — disse o delegado, e alguma coisa para ele era um copo alto, com rum pela metade misturado com o suco de um limão inteiro.
O delegado voltou da barra do bar com o copo na mão:
— Eles se matam e a gente enterra.
— Fazer o quê, nessa chuva? — disse Malô e se levantou para pegar a garrafa de burbom que tinha lugar cativo no armário

do bar. O armário não tinha chave, mas a garrafa tinha o nome do doutor Lavais.

Quando voltou, o delegado contava um episódio acontecido naquela tarde:

– É a tal história, a uma ação corresponde sempre uma reação. É uma espécie de círculo, e as coisas se repetem: uns invadem as terras, outros invadem os casebres dos que invadiram as terras para mostrar que invadir terra não é um bom negócio. E aí, sai da frente. Fazer o quê? O pessoal não entende que não pode invadir terra alheia.

– Tem a lei.

– Mas eles não entendem a lei. Então, os donos das terras não esperam o pessoal entender e respeitar as leis. Fazem respeitar as leis por conta própria. Chamam os pistoleiros, que é pra todo mundo respeitar as leis.

– O cara entrou atirando? – perguntou Malô, que não havia escutado o início da conversa, mas que ouvira falar do episódio da tarde.

– Nada disso. O homem com a espingarda, uma calibre doze com cano recortado, entrou primeiro. Depois entrou o segundo, que tinha uma pistola na mão. O primeiro perguntou se Amâncio morava no lugar. As crianças, uma menina de cinco e outra de quatro anos, correram para perto do pai. Olhavam assustadas para os dois homens armados. Os homens estavam calmos, falavam baixo, quase com educação. Aí foi que Amâncio disse que era ele, sim, Amâncio, mas que não devia nada a ninguém. Estava com as filhas enroscadas nas pernas, uma de cada lado. As duas olhavam assustadas para os homens armados.

– Os homens atiraram? – perguntou Malô.

– Atiraram nada. Um olhou para o outro, o da escopeta olhou para o da pistola e pareceram combinar alguma coisa com o olhar. Depois, o da escopeta encarou Amâncio e perguntou se ele de fato era Amâncio, o Amâncio do chapéu. Amâncio disse que sim, que de fato era o do chapéu e ainda passou a mão pela cabeça, que começava a ficar rala de cabelos. A criança, a mais velha, perguntou aos homens o que eles queriam com o pai, mas não responderam. Um olhou para o outro mais uma vez e depois olharam para Amâncio. Foi aí que o homem da pistola guardou a pistola, puxou uma faca da cintura e disse, disse assim mesmo – o delegado Juca Barbosa procurava imitar a voz do pistoleiro: – *Olha, a gente quer que você veja bem visto e a gente quer que depois a notícia se espalhe.* Enquanto falava, o homem foi caminhando na direção da criança mais nova. O homem puxou a criança mais nova. Tudo era feito com calma, até com educação, e Amâncio e a filha mais velha não reagiam e olhavam a cena. O homem puxou a filha mais moça pelos cabelos, puxou a criança pelos cabelos, puxou bem curto para comandar os movimentos da cabeça e passou a faca pela garganta da menina. Foi um movimento só, assim – e o delegado Juca Barbosa desenhou no ar uma espécie de arco convexo – e a cabeça já não ficou no pescoço e era como se fugisse do pescoço. A outra criança falou assim mesmo: *A cabeça da minha irmã parecia solta do pescoço.* Amâncio ainda deu um grito e pulou para defender a filha. Mas, antes que conseguisse alcançar a filha, o outro homem, o da escopeta com cano recortado, disparou. Duas vezes. O cara disparou, bum, bum. – O delegado fazia a mímica de carregar uma escopeta: – Abriu a cabeça do Amâncio. Vocês precisavam ver o quarto. Porra, tinha sangue e miolos por toda parte. Os caras, antes de sair, falaram para a criança mais velha que ela contasse em detalhes tudo o que tinha visto, que era para dar exemplo e que era para os vagabundos que invadem as terras terem muito medo, porque os proprietários estavam organizados e iam sair matando todos os vagabundos. Meteram medo na menina. Precisavam ver a menina: ela tremia e mal conseguia falar. Falava entre soluços, estava com espasmos que subiam da garganta. Precisavam ver a menina.

– E então? – perguntou Tadeu.
– Então?
– Prenderam os filhos da puta?

O delegado Juca Barbosa sorriu sem olhar para Tadeu. Malô levou o copo aos lábios e bebeu um gole de burbom:
– Beber e morrer. – Levantou o braço como se brindasse.
– Beber e morrer – disse o delegado.
– Prenderam ou não prenderam os filhos da puta? – insistiu Tadeu.
– Isto aqui é a selva, menino – disse Malô.
– Prender quem? – A palavra voltou para o delegado.
– Porra, não prenderam os filhos da puta? – disse Tadeu.
– A gente prende um, dois, e sempre aparecem mais e mais para fazer o mesmo serviço.
– Quando a questão é a terra, o pau come solto e não tem quem segure – comentou Malô.
– E vai ficar por isso mesmo?
– O jornalista tem ideia melhor? – perguntou Malô.
– Vai botar no papel? – quis saber o delegado.
– Porra – repetiu Tadeu.
– É a selva, menino. Vai escrever sobre isto aqui? – Era Malô quem perguntava.
– Porra.
– Mas vai escrever ou não vai escrever?
– Estou fazendo notas.
– Para a reportagem?
– Reportagem ou romance, porra.

A chuva caía com força. Dava para ver a força da chuva, pois ela apagava qualquer vestígio da avenida.

Da entrada do bar, olhando para fora pelos janelões abertos, dava para ver a quantidade de água que caía. A água tinha caído durante toda a manhã, tinha caído durante a noite e durante o dia anterior. Chovia sem parar.

A chuva batia o chão da rua, e a água escorria para os lados, formando a enxurrada que alimentava os córregos.

O delegado perguntou:
– Viram Ugarte?
– Não veio ainda – disse Tadeu.

– Beber e morrer.
– Deve estar ganhando dinheiro – disse Malô.
– Me disseram que morreu.
Malô soltou uma risada:
– Morto por uma mulher, com certeza.
O delegado olhou para Malô, que ainda ria:
– Por uma mulher, sim.
– Por uma puta enciumada. – Malô queimou a última risada que tinha na garganta.
– Não foi o que me disseram.
– Estou brincando – disse Malô, que não ria mais.
– É verdade? – perguntou Tadeu.
– Verdade? – perguntou o delegado.
– Quem falou?
– Aquele mestiço que trabalha pra ele.
– Falou que tinha morrido?
– É o que ele contou.
– E morreu?
– Sei lá, como vou saber? O cara contou.
– Morreu nada – disse Malô, e bebeu mais um gole de burbom.
– Você esteve com ele? – perguntou o delegado.
– Não.
– Então, como pode saber?
Malô olhou Juca Barbosa no olho:
– Porra, eu não posso saber, mas você está acreditando.
– O mestiço veio com uma história e não estava de porre.
– Ele disse que morreu? – perguntou Tadeu.
– Ele disse que mataram ele.
– Mataram ele? Assim: mataram ele?
– Mataram e enterraram.
– Mas mataram numa briga? – quis saber Malô.
– Mataram sem briga.
– Ugarte não ia deixar.
– Porra, não ia deixar, como?

— Ugarte ia brigar.
— Não sei se ele sabia que ia morrer.
— Mataram de surpresa?
— Pois é.
— O mestiço falou que foi de surpresa, sem briga? – perguntou Tadeu.
— O mestiço falou que mataram Ugarte.
— Então tem que ir até a casa dele e ver se ele está morto – disse Malô.
— Já fui até lá.
— E então? – quis saber Tadeu.
— Ugarte não estava.
— E a mulher dele?
— Estava descansando e eu não quis incomodar.
— Então não está morto.
— Como é que você sabe?
— Se Ugarte estivesse morto, a mulher não tava descansando.
— Ela estava descansando.
— E Ugarte não estava com a mulher?
— Não.
— Quem falou? – perguntou Malô.
— O mestiço.
— Você perguntou ao mestiço se Ugarte tava em casa?
— Perguntei.
— E ele?
— Ele disse que não estava, que Ugarte estava morto.
— E depois disse que a mulher estava descansando?
— Eu perguntei se a mulher estava, e ele disse que estava descansando.
— Devia ter mandado acordar – disse Tadeu.
— Tirava a coisa a limpo: tá morto ou não está? – acrescentou Malô.
— Deixei um recado para ela me ligar.
— E ela não ligou.
— Ligou nada.

– Não vai ligar.
– Devia ligar – disse Tadeu.
– Vai ligar pra quê? Vai ver, Ugarte está com ela. Ou então viajou e não pode voltar, porque os caminhos não deixam passar por causa da chuva. Ligar pra quê?
– Devia ligar. O delegado foi até lá, pediu que ela ligasse, devia ligar – ponderou Tadeu.
– Tá bom.
– Não devia ligar?
– Você não conhece Maira.
– Conheço – irritou-se Tadeu.
Malô olhou para o delegado e sorriu:
– Conhece nada.
– Conhece nada – repetiu o delegado.
– Tá bom, então vocês é que conhecem.
– Eu conheço menos – disse Malô.
– Ugarte é quem conhece de verdade – sentenciou o delegado.
– Ei, que é aquilo? – perguntou Tadeu olhando pela vidraça que dava para a rua.

A poucos metros de onde estavam, um vulto se arrastava pelo chão. Não parecia se arrastar para se locomover. O vulto parecia engatinhar pelo barro da rua como se buscasse algo que estivesse perdido no chão.

– É aquela criança – informou Malô.
– Qual criança? – quis saber o delegado.
– O filho da índia que morreu. O menino estava no hospital junto com a mãe, em estado de choque. Não sabia o próprio nome, nem o nome da mãe. Só fazia repetir o nome da parcialidade a que pertence, Ticuna. Quando a gente tirou a mãe do hospital, ele estava junto, depois sumiu.

– Parece que procura alguma coisa – comentou Tadeu.

O menino estava de joelhos e parecia cavar o chão de barro com as duas mãos.

– Está cavando – disse o delegado.

– É instintivo – disse Malô.

– O que é instintivo? – EraTadeu.

– Ele procura a mãe, aquela que tinha o ventre em que ele iria acabar.

– E daí? – perguntou o delegado.

– É instintivo, já vi acontecer. Ele deve achar que a mãe está morta. Eles têm um jeito de saber essas coisas. Ele está procurando a mãe debaixo da terra. É o desespero de quem vê desaparecer a segurança de terminar a vida naturalmente, sem sobressaltos.

– Mas na rua? Porra!

– No barro. Ele procura a mãe no coração da terra.

– Ele vai encontrar o corpo da mãe?

Malô balançou a cabeça e disse com irritação e sem levantar a voz:

– Eu não sei onde foi que vocês enterraram o corpo da mãe, delegado, mas ele procura pela mãe na terra, porque é a terra quem gesta.

O delegado olhou para a rua que recebia chuva. Depois disse como se estivesse falando com ninguém:

– Se ele cavar no lugar certo, vai encontrar o corpo.

– Se ele souber cavar, vai encontrar – provocou Malô.

– E aí nós estamos fodidos – disse o delegado.

– Estamos fodidos?

– Lá em frente à delegacia, tem um bando de gente do sindicato esperando notícias da índia. Eles esperam notícias do hospital. Eu disse a eles que ela já tinha chegado ao hospital para onde tinha sido transferida, que estava muito mal, mas que já tinha chegado e que eu daria mais informações quando houvesse mais informações.

– E depois, o que vai acontecer no hospital para onde a índia foi supostamente levada? – interveio Tadeu.

– Não sei. O pessoal está esperando na chuva, não arreda pé. Eu disse a eles que, assim que soubesse alguma coisa, ia falar com eles. O pessoal está esperando, vai esperar, e não posso fazer nada, não posso desocupar o lugar. O pessoal espera.

— Vão esperar um bocado – disse Malô e levantou o copo de burbom.

— Doutor, me diz uma coisa: que pode acontecer se eles descobrirem que a índia está enterrada bem nos fundos da delegacia? Responde, doutor – impacientou-se o delegado.

Malô olhou para a criança, que continuava de joelhos, cavando no barro. Era como se a criança fosse uma aparência mantida na consciência pela força da atenção.

— Ela está só – observou Tadeu.

— E uma criança não pode ficar exposta na chuva – disse o delegado.

— Alguma ideia? – disse Malô.

— Vou tirar a criança da rua.

— Vai tirar mesmo?

O delegado ia falar alguma coisa, mas começou a levantar-se da cadeira. Nesse instante, a criança parou de cavar, ergueu-se bruscamente e correu até desaparecer em um dos becos que davam para a rua.

Malô anunciou:

— Como disse, eles têm um jeito todo especial de intuir as coisas – e bebeu o último gole de burbom que havia no copo.

. . .

Assim que entrou, o gerente do hotel olhou para a pequena valise de couro marrom que o repórter carregava. Foi se sentar atrás do balcão, encostou-se na parede e cruzou os braços sobre o peito. O repórter aproximou-se do balcão, e o gerente não tirava os olhos da pequena valise marrom:
– Meu tio tinha uma exatamente igual.
– É da Temple's, um modelo antigo.
O gerente levantou e pousou as duas mãos sobre o balcão:
– Em que posso servi-lo?
– Tenho uma reserva.
O repórter tirou o passaporte do bolso. O gerente examinou o documento, consultou algumas fichas e aquiesceu:
– Sim senhor, aqui está. Vai passar muito tempo conosco?
– Não muito, o tempo de escrever uma reportagem.
O gerente sorriu e disse:
– Imagine se me dissesse que ia escrever um diário.
– Como assim?
– Desculpe, quis apenas dizer que um diário não tem tempo para acabar, à diferença de uma reportagem ou de um romance. Nada mais.
Houve um momento de silêncio. O repórter disse:
– Tenho compromissos.
– São eles que estabelecem o rumo. – Abriu a gaveta e retirou uma ficha, que colocou na frente do repórter. – Tem que preencher isto. Está a par das normas de circulação em Porto Amazonas?
O repórter procurava uma caneta no bolso do casaco:
– Não, não sei do que está falando.
– É muito simples: regra número um, ter sempre os documentos à mão; regra número dois, não ir além do perímetro urbano; regra número três, não permanecer na rua das dez da noite às seis da manhã; regra número quatro, esta não é oficial, é mais um conselho que dou aos meus hóspedes, sair do hotel

para cuidar dos negócios e voltar ao hotel logo em seguida: não permanecer na rua.
O repórter preenchia a ficha e perguntou ao gerente:
— O que está havendo por aqui?
— Regra número cinco: não fazer perguntas. — O repórter ainda olhou para o gerente, mas logo virou para subir ao quarto.
— Não acredite em tudo o que vir por aqui. O calor é capaz de algumas insinuações enganosas.
— Miragens?
— Ou ressurgências, é o que dizem.
Estava curioso, mas algo lhe dizia que não era o momento de continuar a conversa.

Tarde. Porto Amazonas: Nenhuma impressão ao chegar. Uma cidade artificial. Um povoado artificial, não chega ao tamanho de uma cidade. O atracadouro está vazio: nem embarcações, nem pessoas trabalhando. Os armazéns também parecem vazios. Atrás dos armazéns e sem nenhuma delimitação, há uma praça. Em volta, construções modernas, que devem servir à administração do porto, da Companhia da Estrada de Ferro, do povoado. Construções escuras, corpos estranhos implantados no povoado. Povoado ou talvez acampamento. A imagem me ocorre quando olho para as casas, todas iguais, que se perfilam sobre a avenida de terra batida que começa na praça. Casas pequenas, da mesma cor branca, funcionais, feitas para o verão, capazes de suportar as chuvas também, penso eu. As casas parecem vazias. Imagino os meses de chuva, imagino a avenida de terra batida durante os meses de chuva. Vejo pouco movimento. As pessoas que encontro por acaso na rua não são cordiais: carrancudas, preocupadas, silenciosas. As pessoas que vejo no hotel, a mesma coisa. Estranha sensação num povoado novo, criado do nada e que, por essa razão, pelo menos em tese, deveria brilhar com esperança e alegria (por que esperança e por que alegria? Intuição). Preocupados e silenciosos, todos. Medo?
Pouco movimento. No entanto não devia ser assim. Onde estão as legiões que perambulavam por estas ruas há somente

alguns anos? Quando a estrada de ferro começou, chegavam milhares por dia. Dizia-se que as ruas de Porto Amazonas formigavam a qualquer hora. A quantidade de gente fazia nascer o otimismo. Agora, não vejo ninguém. Ouvi dizer que as pessoas foram postas para fora do perímetro urbano. São mantidas fora. São contidas do lado de fora. É gente perigosa, dizem, marginais. Estou aqui para ver de perto. Estou aqui para contar.

Passeio pelos arredores do hotel. Muito calor. A hora não é a melhor para sair: pouco depois do meio-dia. O ar está parado e pesa. Mas, de repente, surge sopro quente que levanta muita poeira. Há redemoinhos. Os redemoinhos surgem do nada, enlouquecem em espiral poeira, raízes, detritos, o que encontram pela frente. Depois somem.

Presenciei a perseguição a uma mulher. Não ficou claro quem a perseguia. Vi a cena de longe. Acho que era uma mulher sendo perseguida. Sensação estranha, como se fosse um sonho. Ou uma miragem produzida pelo calor. Ou uma ressurgência, como dizem aqui, um fantasma que jorra das profundezas do oceano de misérias que calcamos sob a lama da superfície.

A estrada de ferro passa longe de onde estou. No entanto, é ela a causa e a origem de Porto Amazonas.

. . .

Antes de entrar na delegacia, Juca Barbosa olhou na direção do grupo de pessoas que se amontoavam em silêncio debaixo da chuva. Algumas estavam em pé, outras, agachadas, de cócoras. Era um grupo silencioso, compacto, e dava a impressãode ser um muro inútil, erguido de repente por capricho de alguém e esquecido por falta de função. Não podia individualizar uma só alma no grupo, pela distância e pela chuva, no entanto sabia que o muro humano o espreitava.

– Um morador chegou para avisar que tem um corpo preso nuns galhos da margem – disse o plantonista.

– Deve ser do naufrágio – comentou o delegado.

– Deve ser.

– Amanhã a gente dá uma olhada. Se ainda estiver por lá.

– Se estiver por lá, vai sobrar pouco.

– A gente dá uma olhada amanhã. Se sobrar alguma coisa, cumpre-se a lei: enterra-se.

O delegado pegou o telefone e discou. Imaginou a casa às escuras, a campainha do telefone tocando na sala. A casa tinha um só aparelho, e este ficava sobre a mesa redonda, perto da porta que dava para a cozinha. O telefone dividia o espaço que havia sobre a mesa com um porta-retratos em madeira com uma foto de Maira e uma pequena miniatura feita em porcelana. Juca Barbosa tentou lembrar mais sobre a miniatura, mas descobriu que a única coisa que sabia é que era uma miniatura em porcelana. Olhou o relógio. Madrugada, tarde para ligar. "Foda-se", pensou.

O som da campainha estaria saindo de cima da mesa, posta ao lado da velha poltrona de couro marrom. Subiria da mesa para ganhar o ar abafado da sala. Com esforço, chegaria à escada. Subiria pelos degraus, sem fazer estalar a madeira desprotegida. Chegaria ao alto da escada. Encontraria fechada a porta de madeira. Alguma coisa do som da campainha talvez passasse pela porta e entrasse no quarto amplo e quente, vigiado por um ventilador de teto que tinha três pás de alumínio, pintadas com tinta escura, e que cumpria a função de mover o ar sem descansar nunca. O som da campainha talvez chegasse até a cama revolta e se metesse por dentro dos travesseiros de plumas de ganso que Ugarte e Maira dilapidavam para cobrir cabeça, tronco e membros.

Ninguém atendeu. Juca Barbosa desligou. "Não iam atender mesmo", pensou.

Depois, descobriu-se pensando que, talvez e afinal de contas, não existissem as duas pessoas que ele presumia existirem. *Mataram Ugarte*. A voz do mestiço impunha-se de forma clara naquela madrugada de chuva.

O motor engasgou, protestou e acordou numa nuvem de fumaça azul. O jipe pertencia à polícia, mas quase ninguém o usava. Quando o faziam, movia-se pelas ruas enlameadas de Moires como um fantasma. Como agora.

O delegado estacionou o velho jipe Willis a poucos metros da entrada lateral da casa.

Olhou a silhueta do sobrado escuro, que parecia flutuar, ia e vinha, às vezes sumia contra o céu carregado de água. Desligou o motor, e as palhetas dos limpadores de para-brisa pararam de funcionar. Uma cascata escorria e se refazia sobre o vidro impedindo qualquer visão. O sobrado desapareceu de vez.

Juca Barbosa saiu do jipe, caminhou debaixo da chuva até a porta de ferro, que nunca ficava trancada. Caminhava devagar, sem se importar com a chuva. Enquanto caminhava, olhava o sobrado e mergulhava os pés na lama. Um cachorro latiu. Devia estar resguardado da chuva em algum beco. O delegado pensou: "Cão molhado não late".

Abriu a porta de ferro. Entrou no jardim. Com passos firmes apesar da escuridão, caminhou até a varanda. Subiu os degraus de madeira. Na varanda, sentou na cadeira de vime e esperou. A chuva compunha uma realidade sonora que derrotava qualquer outro som. Juca Barbosa ouvia o barulho da chuva no jardim. Ao tocar a grama, produzia um ruído profundo. Podia ouvir a chuva despejar-se nas poças, num som mais agudo, quase metálico, de coisa se quebrando.

Ouvia a chuva bater na casa, no teto, nas paredes, nas vigas, nas calhas. Podia ouvir a água correr pelas calhas e descer em enxurrada. Era um som cheio, indisputável. Quando não chovia, até se ouvia o rumor do rio, mural sonoro sobre o qual os outros ruídos iam acontecendo. Quando não chovia, podia ser o ruído do vento na folhagem das árvores, podia ser o ruído de um automóvel passando na rua, podia ser o latido de um cão, podia ser o ruído da porta de ferro se abrindo com o choro das dobradiças ressecadas. Todos os sons se manifestavam sobre o som que o rio fazia ao passar. Mas a chuva não queria saber dessas liberdades. Quando caía, era só ela, nos ouvidos como no afogamento das esperanças, era só ela.

– Minha casa tem portas. – A voz de Maira estalou no meio da noite, mais forte que o ruído da chuva.

Juca Barbosa endireitou-se na cadeira e olhou para o lugar de onde tinha saído a voz. Ele conhecia a casa, sabia onde estava a porta que abria para a varanda. A escuridão era tão intensa que ele não conseguia ver Maira.

– A porta estava aberta.

– A porta está sempre aberta. Procurando alguma coisa?

Juca Barbosa não respondeu. Voltou a se recostar na cadeira, voltou a ouvir o ruído da chuva. Por um instante chegou a pensar que não ouvira a voz de Maira e que tudo não passara de uma ilusão. Olhou na direção da porta que dava para a varanda. Não via ninguém.

Mas depois ouviu o ruído quase transparente que faz um osso ao estalar. Soube, por lembrança, que o ruído do estalo vinha de um osso do calcanhar direito e sabia que Maira caminhava sobre a varanda e se aproximava dele, os pés descalços sobre a madeira, como um gato carregado de ódio. Esperou sem se mexer, procurou adivinhar de onde chegaria a voz e franziu os olhos para tentar divisar o vulto que surgiria a qualquer momento. Percebeu num relance o movimento da forma que se insinuava. Maira estava a sua frente. Juca Barbosa levantou os olhos como se pudesse ver o rosto da mulher.

– Que quer você? – voltou a perguntar Maira, e Juca Barbosa percebeu que não tinha sofrido uma ilusão auditiva.
– Quero falar com Ugarte. – Surpreendeu-se com a frase dita no meio da madrugada. Juca Barbosa esperava agora que Maira risse com deboche, adivinhava a expressão do rosto dela.
– Ugarte está no quarto, dormindo.
– Você tem certeza? – perguntou, embora achasse ridículo falar com alguém que não chegava a divisar na escuridão.
– Vai lá ver.
– Ugarte matou um homem.
– Matou, foi?
– Meteu bala num cara.
– Meteu bala no índio. Veio prendê-lo por isso?
– Não.
– Então?

Juca Barbosa não respondeu. Não podia ver Maira, mas sabia que ela tinha os olhos negros postos no ponto escuro de onde saía sua voz. Estaria espreitando qualquer sinal, um movimento do corpo, algo que pudesse revelar um sentido. Ele buscava alguma indicação.

– Você tem certeza de que ele está lá em cima?

Juca Barbosa sentiu o vulto de Maira aproximar-se. Ele sentiu a mão dela procurar a sua. Os dedos de Maira tocaram seu pulso, correram pela palma, buscaram os dedos dele. Sentiu que a mão de Maira prendia a sua pelos dedos, que Maira puxava, conduzia-lhe a mão. Sentiu que a mulher se acercava mais ainda, pois podia sentir-lhe o cheiro.

Endireitou-se na cadeira para melhor permitir o movimento que comandava seu braço. Sentiu que os dedos chegavam às pernas de Maira, sem nenhum obstáculo. Maira estava nua na escuridão. Na ponta dos dedos, sentiu a pele rija que antecipa o púbis, sentiu que ela continuava a puxar e agora obrigava os dedos a subirem e a penetrarem a zona de confluência das pernas, onde o calor do corpo aumentava e os pelos pareciam molhados de suor. Maira apertou a mão de Juca Barbosa ao mesmo tempo em que juntava as pernas para prendê-la.

– Sabe, delegado, um macho acaba de me foder – disse com voz de deboche e de contentamento. Era uma voz que parecia cantar o que dizia e que chegava com um hálito machucado pelo tabaco. – Botou tudo o que tinha dentro de mim. Esse calor que você está sentindo na ponta dos dedos, delegado, é uma parte do calor do meu corpo, mas é também o que ele acendeu e deixou comigo. – Maira sussurrou: – Vai lá perguntar para Ugarte se foi ele quem esteve metendo aqui, na mulher dele, ou se foi outro vagabundo qualquer quem meteu. Vai lá, delegado, vai perguntar se a mulher de Ugarte pode dar para outro homem. Se ele disser que pode, eu deixo você me foder, de frente e de verso, quantas vezes quiser. – A voz de Maira estava ofegante: – Vai lá, sobe lá, delegado. Tem um macho na minha cama, isso eu posso garantir, e você pode sentir as pegadas dele na ponta dos seus dedos. Vai lá, vai lá ver se é Ugarte.

Juca Barbosa puxou a mão, que recuou entre as paredes suadas, molhadas, de pelo e carne.

– Maira. – Maira não respondeu. E, por um estalar quase imperceptível de ossos, dos ossos do calcanhar direito dela, que às vezes estalavam quando caminhava descalça, ele soube que a mulher tinha virado as costas e se afastava rumo à porta que dava para a varanda, e para o quarto, como um felino vitorioso.

O ruído da chuva caindo sobre o jardim, sobre a casa, sobre as calhas, o ruído da água correndo pelas calhas e desabando com peso na terra, o ruído de dilúvio batendo nas árvores, se sobrepunha a qualquer outro ruído. Até mesmo ao ruído íntimo e significativo da respiração de Juca Barbosa, que ofegava ferido.

. . .

O quarto era pequeno e tinha apenas uma cama estreita e baixa, uma mesa encostada à parede e uma cadeira de pernas finas e frágeis. As paredes eram brancas, deslavadas pelo uso. O assoalho era escuro, e a madeira rangia com estridência quando se caminhava sobre ele.

Havia um armário de duas portas inclinado para um lado. A janela baixa dava para a baía, e a vista passava por cima dos armazéns do cais do porto. Ao fundo, as cordilheiras sombreavam o horizonte.

No meio da paisagem, em algum lugar que não conseguia ver de onde estava, a estrada de ferro ia abrindo caminho, empurrada por uma horda humana que a justificava. Imaginou os dormentes e sobre eles os trilhos, que se estendiam para os lados, bordeando os vales. Imaginou os diferentes acampamentos de trabalhadores, mantidos a distância, que não eram estimulados a se aproximar de Porto Amazonas.

Havia uma frente de trabalho por perto. Ao chegar, tentara arranjar um meio de transporte que o pudesse levar até lá. Pediu ajuda ao gerente do hotel, mas ele se esquivou da responsabilidade e o desencorajou da viagem, que podia ser perigosa e era quase ilegal.

– Ilegal, por quê? – perguntou o repórter.

O gerente respondeu que não dissera *ilegal*. Afirmara que a viagem era *quase ilegal*, o que fazia uma grande diferença.

Na Companhia da Estrada de Ferro, para quem supostamente trabalhava, não teve melhor sorte. A visita a uma frente de trabalho não podia ser permitida pelo simples motivo de que nada havia em qualquer uma delas que pudesse interessar a outro que não a um trabalhador especializado em colocar dormentes e assentar trilhos.

• • •

    O toque de recolher era às dez da noite e, por esse motivo, a taberna, assim mesmo, com o nome genérico e nada mais, que ficava no hotel, se enchia de gente bem cedo. As mesas não tinham dono e eram apenas pontos de referência, apoio para os copos. Em volta delas, se dispunham em desordem cadeiras ocupadas por amigos ou desconhecidos, frequentadores contumazes ou marinheiros de primeira água. Em volta de uma mesa, ninguém se obrigava a estabelecer qualquer diálogo. Podia-se mesmo permanecer calado, cercado de falantes, sem ser incomodado ou convidado a participar da conversa. Cada um pedia o que queria e ficava do jeito que desejasse, pelo tempo que fosse.

    Quando a sirene tocava para anunciar que faltavam quinze minutos para as dez, começavam a desertar os primeiros fregueses, os que tinham mais chão para chegar a casa. Saíam os últimos pedidos de bebida, que era consumida com sofreguidão, em goles angustiados, como se fossem os últimos tragos de uma história. De certa maneira, eram, sim. Não os daquela noite ou de uma noite em particular: eram os últimos dos últimos dias, pois, na opinião de todos, aquele era, se não o último, um dos últimos anos.

    Depois das dez, ficavam alguns hóspedes em volta das mesas, cercados por cadeiras abandonadas, terminando sem pressa o que restava nos copos. Não era permitido servir a mais ninguém, e o pessoal que servia punha em ordem o que era possível ordenar. Os serventes iam abandonando seus postos de trabalho, iam descansar, mas o hotel não expulsava da taberna os que ficavam, fumando, conversando, economizando cada gota de rum ou gim, o que mais se bebia, ou em silêncio, afagando nas mãos um copo vazio, todos mergulhados na penumbra que a luz tornava mais solidária ainda.

    Ficavam os que eram hóspedes oficiais do hotel, aqueles que tinham preenchido a pertinente ficha de hospedagem comunicada às autoridades policiais, e ficavam também hóspedes de uma noite, clientes de contrabando, que a administração deixava ficar, contrariando as normas do toque de recolher. Não eram muitos: homens e mulheres, solitários em busca de referências, que se expunham pela fala ou pelo silêncio.

Às vezes, dava-se a magia do entendimento, sempre possível, sempre improvável, e um casal se formava, pela noite apenas ou pelo que restava dela. Se não eram hóspedes regulares, tinham o mesmo tratamento dispensado aos outros, os forasteiros, que, com sono, bêbados ou enfastiados, deixavam a taberna na madrugada alta e iam se refugiar, com a cumplicidade do hotel, onde houvesse uma cama ou um espaço para descansar.

Um dia, era mais precisamente o fim da madrugada, uma patrulha policial irrompeu no hotel, chamada por uma denúncia anônima: o hotel guardaria estranhos que não tinham sido fichados. Os policiais cercaram o prédio, entraram na gerência, apoderaram-se das fichas de hospedagem e acordaram os hóspedes pelo telefone, convocando-os para que se identificassem imediatamente na portaria.

O gerente desceu as escadas correndo e foi conversar com o delegado, que era um sujeito jovem, recém-empossado no primeiro comando e, portanto, cheio de planos, com a cabeça repleta de ideais:

– Delegado – disse com um tom de voz cordial – o senhor assusta meus hóspedes, que estão descansando.

– Quem é o senhor?

– Sou o gerente do hotel e posso lhe assegurar que meus hóspedes são pessoas de bem.

O delegado fitou-o como se pretendesse compará-lo a rostos ou atitudes semelhantes, estudadas nos livros da academia de polícia. Depois, consentiu em dizer, observando a reação do gerente:

– Recebemos informação de que nem todos estão fichados.

– Impossível. – O gerente fez cara de espanto. – Quem lhe deu essa informação?

– Uma denúncia anônima.

– E com uma denúncia anônima o senhor pretende acordar meus hóspedes, tirá-los da cama, expô-los a uma situação vexatória? Acha correto, só porque alguém ligou para o senhor, sem se identificar?

– Temos que investigar qualquer denúncia.

O gerente foi tomando coragem. Sentia a falta de experiência do delegado:

– Acho que se deve investigar. Vou além. Como cidadão, pagador de impostos, exijo que se investigue. Mas estamos falando de investigar, não de procurar dar razão a um anônimo no grito, no tapa, no meio da noite.

– O senhor me desacata. Cuidado.

– Perdão, não o desacato. Me perdoe se me deixo levar pelas palavras. Sou de temperamento franco e um pouco explosivo, reconheço, mas não é intenção minha desacatá-lo. Quero ponderar com o senhor: quero que o senhor investigue, forneço-lhe todos os elementos para a investigação, mas, por favor, peço-lhe, não trate dessa forma meus hóspedes, não os faça descer, não acorde pessoas honestas.

O delegado não estava convencido: pelo contrário, a atitude do gerente parecia-lhe suspeita. Quanta coisa não aconteceria naqueles quartos do hotel. Em pouco tempo, estaria abrindo à luz esse mundo escondido.

Um casal desceu as escadas até a portaria, ela de penhoar, ele de robe. Ele não esperou quem o havia acordado identificar-se e foi esbravejando contra todos:

– O que está havendo por aqui, e quem foi o celerado que ligou para meu quarto?

– Seu nome? – perguntou o delegado.

O homem forneceu-lhe o nome completo e o da mulher que o acompanhava, mas desafiou:

– Que lhe importa meu nome ou o da minha acompanhante a esta hora da noite? Quer saber mais? Ela não é minha mulher, estou casado com outra. E quer saber mais? Ela também está casada com outro. E quer saber mais ainda? Nem minha mulher nem o marido dela sabem que estamos aqui. Fazendo o quê? Imagine o que estávamos fazendo até bem pouco.

O delegado procurava a ficha correspondente e não respondeu. O gerente aproximou-se dele e falou-lhe algo ao pé do ouvido. O delegado parou de examinar as fichas e levantou os olhos:

– Meritíssimo, é que recebemos una denúncia anônima.

– Aos diabos com denúncias anônimas – foi o que ouviu em tom colérico.

– Se não fossem elas, que seria de tantas e tantas investigações? – ponderou o delegado.

– Aos diabos, aos diabos, ouviu bem?

– Mas, senhor – começou o delegado, mas não sabia o que dizer.

– Que está procurando? Casais trocados? Segredos de alcova? Está cheio disso por aqui, e ninguém, lhe asseguro, ninguém se importa em esconder nada. E então? Quem é o obcecado que está por trás disto? Diga: quem é?

– Não se trata de flagrar assuntos entre casais, não é isso.

– Pois aqui só tem isso – o juiz interrompeu. – Satisfeito?

O delegado queria dizer que sim e que desejava dar a investigação por encerrada. Queria expressar que, se o Senhor Juiz achava que a investigação não tinha razão de prosseguir, ele, simples delegado de polícia, acatava a decisão e dava tudo por terminado ali mesmo. Atacou-lhe uma enorme vontade de dizer que admirava o Senhor Juiz, pela posição que ele ocupava, e que estar na posição de um Senhor Juiz era uma aspiração íntima. Pensando nisso, armou-se de coragem e exclamou:

– Gostaria de estar no seu lugar.

O juiz parecia não entender:

– Para isso, meu jovem, você terá que trair duas vezes – deu uma boa gargalhada e foi subindo a escada, de braço com a amante.

Nunca mais houve qualquer investigação no hotel.

• • •

A entrada da delegacia cheirava a cachaça, suor e umidade. A penumbra amarelada e gasta que se armava com a ajuda de uma única boca de luz tornava marrom escuro o chão de cimento sujo de barro. O delegado Juca Barbosa passou pela entrada e meteu-se em sua sala. Ao passar pelo plantonista, este levantou os olhos e avisou:

– Tem uns cinco trancados na cachoeira. Botei todos lá.

– Que se matem.

– Quase se mataram mesmo ainda há pouco. Um deles perdeu metade dos dentes.

– Que se matem.

A cachoeira era uma cela especial. Localizada no fundo da delegacia, era um cubículo de uns dois metros por um, cavado na terra. Tinha paredes altas e não tinha teto. As paredes ficavam cobertas com limo na época das chuvas, e na parte de cima havia cacos de vidro e arame farpado. Quando não chovia, o cubículo recebia o sol que despejava sua fúria de luz durante uma parte do dia. Não havia abrigo contra o sol e, mesmo que a exposição a ele não durasse mais do que algumas horas, o castigo era brutal. Quando chovia, jorrava água no cubículo. O chão de terra ficava encharcado e a água que não conseguia filtrar subia e chegava à cintura dos presos. Quem estava no cubículo no tempo das chuvas tinha que permanecer em pé ou morria afogado. Ficava em pé, os pés enterrados na lama misturada a todo tipo de dejetos, o corpo encostado nas paredes frias, a água batendo com fúria no corpo.

Os que ficavam de castigo na "cachoeira" eram os rebeldes e revoltosos, os que mereciam receber uma pena especial. Aquele que desrespeitasse o carcereiro acabava na cachoeira. Aquele que causasse tumulto na cela ia para a cachoeira. Quem tinha alguma questão não resolvida com algum dos homens da delegacia era destinado à cachoeira. Ficavam metidos na cachoeira dias, e mais de um acabou desmaiando de cansado e morreu afogado ou morreu de doença.

Os trabalhadores da estrada de ferro quase nunca passavam pela cachoeira, por mais que brigassem e fossem uma turma difícil de disciplinar. Era gente de outro nível. A Companhia zelava por eles e não os deixava desprotegidos. Os peões da estrada de ferro eram mão de obra importante e ficavam presos nas celas pelo tempo que fosse necessário para curar uma ressaca ou uma bronca mal digerida.

O delegado estava de mau humor e pretendia romper a rotina.

– Vou deixar eles lá dentro até o meio-dia – anunciou o plantonista.

– Deixa eles apodrecerem dentro da água.

O dia amanhecia. Tinha parado de chover. No inverno era comum a chuva dar uma trégua de horas. Às vezes, a trégua se estendia por mais de um dia, mas o céu continuava carregado, e as nuvens não se distanciavam muito do chão. Ficava como uma ameaça de crepúsculo sobre as coisas.

Juca Barbosa pegou o telefone. Discou o número do Hotel Colonial. Queria falar com Malô. A pessoa que atendeu no hotel disse que o doutor Lavais estaria dormindo, já que ninguém respondia no quarto.

De saída, viu pelo canto do olho o grupo de pessoas postadas na calçada em frente.

Caminhou com pressa até o Colonial. Subiu as escadas e bateu à porta do quarto de Malô. Bateu e não obteve resposta. Insistiu com mais força. Ouviu um som que podia assemelhar-se ao que faz a voz de uma pessoa ao acordar.

Bateu mais uma vez. Esperou. Agora podia ouvir os passos dentro do quarto.

Malô abriu a porta:

– Que foi?

O quarto fedia a fechado, a suor, a álcool.

– Estou com um mau pressentimento.

– Que pressentimento? – perguntou Malô com os olhos fechados, bocejando e indo sentar numa extremidade da cama.

– Você viu Ugarte nas últimas horas?
– Não.
– Eu também não.
– E daí?
– E daí que aquele empregado diz que mataram ele.
– Mataram Ugarte?
– Sei lá, não consigo saber.
– Delegado, vai na casa dele e pergunta para a mulher, pergunta para Maira. – Malô agora estava recitando de olhos fechados: – Pergunta se mataram o marido dela.

Juca Barbosa aproximou-se de Malô, sacudiu-lhe o ombro esquerdo.

– Acorda, doutor, preciso de uma informação. – Malô abriu os olhos, mas não disse nada. – Que acha de Tadeu?

– O que eu acho de Tadeu? – repetiu Malô voltando a cerrar os olhos.

– Que acha?
– Não acho nada, que devo achar?
– Que acha dele?

Malô olhava para Juca Barbosa em silêncio. Via-se que procurava se manter atento com grande esforço. Os olhos permaneciam abertos, mas era como se tivessem a vocação para se fechar.

– Não acho nada. Como assim, que é que eu acho?

O delegado ficou de costas para Malô:

– É uma ideia. Só uma ideia. Tadeu estava indo embora.
– Tinha que pegar o avião da manhã. Não foi porque a chuva não deixou o avião pousar.
– Se não tivesse chovido, ele não estaria mais aqui.
– Suponho que não.
– Ele não ia ficar se não tivesse chovido.
– É possível – disse Malô e bocejou.– Acho que ele detesta isto aqui.
– Detesta nada. Diz que detesta, mas não detesta: gosta.
– Ele diz que não gosta.
– Conversa. Acho que ele tem um caso com a mulher de Ugarte.

Malô pareceu se surpreender:
– Maira?
O delegado aquiesceu em silêncio. Depois confirmou:
– Maira.
– Ugarte não é homem de aceitar esse tipo de insinuação.
– E quem disse que ele sabe, ou quem disse que ele sabia?
– Essas coisas Ugarte saberia.
– Tem certeza?
– E ele não ia saber?
– Ia saber como?
– Essas coisas a gente sabe num lugar como este. Não dá para esconder.
– E se tivesse a cumplicidade de alguém?
– Quem?
– Sei lá, o mestiço, por exemplo.
– O mestiço me parece fiel a Ugarte.
– Mas se tivesse a cumplicidade do mestiço, Ugarte podia não tomar conhecimento das andanças da mulher dele. Suponha que Ugarte viajasse para a fazenda.
– E daí?
– E daí que a mulher ficava livre para fazer o que bem entendesse.

Malô ficou calado. O sono e a ressaca embotavam sua mente. O delegado queria obrigá-lo a analisar uma situação com algumas variáveis, mas o trabalho se mostrava impossível nas circunstâncias. Malô disse:
– Pode ser, mas não creio.
– Acha que não?
– Não tenho nenhuma certeza, apenas acho que não. Apenas acho.
– E você acha que o mestiço sabe de alguma coisa?
– Você mesmo disse que ele é fiel a Ugarte. Se houvesse alguma coisa, ele deveria saber.
– Vou ter que conversar com o mestiço.
– Já não conversou com ele?

– Conversar eu não conversei: ele veio me contar um fato, veio fazer uma acusação.

– E não conversou com ele?

– Esse pessoal tem outra maneira de conversar. Tem que conversar com eles de outro jeito. Se não, a conversa não rende.

– Você não sabe conversar.

– Eu preciso entender.

Juca Barbosa caminhou até a janela do quarto, que dava para a rua. A chuva voltava a cair e golpeava forte na rua de terra batida, no teto, nas paredes do hotel. O delegado pensou no mestiço e pensou que o chamaria para uma conversa. Uma conversa que levasse ao entendimento.

• • •

    Tenório procurava com muito esforço ficar em pé sem encostar nas paredes. O corpo magro e sem nenhuma roupa tinha água pela cintura. O rosto estava tenso. Tenório mantinha os olhos fechados. A chuva castigava a cabeça, o corpo. A chuva batia na água escura que se acumulava no fundo do poço e fazia ferver com raiva a superfície espumada com fezes, vômito e restos que saíam da terra. Fazia cinco horas que Tenório estava na cachoeira. Estava só. Os outros presos tinham sido removidos do castigo.
    O carcereiro veio buscá-lo. Estendeu-lhe a mão para fazê-lo subir. Empurrou Tenório pelo pátio interno até a sala que ficava atrás da delegacia, isolada da casa, e que era a sala de interrogatórios.
    Juca Barbosa estava sentado, apoiado no encosto da única cadeira. Fumava e soltava baforadas que eram rolos de fumaça e inundavam o quarto. O delegado não se mexeu quando Tenório entrou empurrado pelo carcereiro. Nem fez menção de ter notado sua entrada. O carcereiro saiu e deixou Tenório em pé, cabisbaixo, em frente a Juca Barbosa.
    Tenório espirrou. O delegado olhou para ele, surpreso. Disse:
    – Tá com frio?
    Tenório não respondeu. Continuava cabisbaixo. Voltou a espirrar. O delegado levantou-se e ligou o ventilador de teto.
    – Tô com frio, sim senhor – disse Tenório para o delegado.
    Juca Barbosa não o ouviu. Tinha voltado para a cadeira e agora sentava-se a cavalo, o encosto contra o peito, os braços postos sobre o encosto. Levou o cigarro à boca. Tragou fundo e soltou a fumaça aos poucos:
    – Você matou Ugarte. Onde foi que você enterrou o patrão?
    – Eu não matei ninguém.
    – Se não matou, quem matou Ugarte?
    – Foi ela.

– Ela quem?
– A dona Maira.
– Você viu?
– Não vi.
– Então, como sabe?
– Eu sei, porque ouvi ela contar pro amante dela.
– Quem é o amante dela?
– Não sei.
– Você diz que ouviu ela contar para o amante.
– Ouvi ela contar, sim senhor. Estava chovendo muito, mas mesmo assim eu ouvi ela dizer que tinha matado Ugarte e que ele não precisava ir embora.

O ventilador que Juca Barbosa ligara soprava ar no corpo de Tenório, que se arrepiava.

– Quem era ele?
– Não sei.
– Você não sabe.
– Não sei.
– Mas sabe que ela tem um amante. – Tenório permaneceu calado. O delegado insistiu: – Você sabe que ela tem um amante.
– Eu sei.
– Como é que você sabe?
– Eu ouvi ela falar com o amante.
– E estavam onde? Estavam na cama, estavam um em cima do outro, estavam trepando quando você ouviu o amante?
– Não, estavam na varanda, ela falava e dizia que ele não precisava mais ir embora.
– E ela falou que tinha matado Ugarte.
– Falou.
– Contou para o amante que tinha matado Ugarte.
– Falou.
– E depois? – Tenório levantou os olhos como se não entendesse a pergunta. – E depois?
– Depois, eu não sei.

Juca Barbosa sabia o pânico que a cachoeira causava ao mestiço. Tenório tinha medo de água. Tinha pavor de ter os pés enterrados na lama, temia não aguentar tanto tempo sobre as pernas e desfalecer e se afogar antes que alguém acudisse para tirá-lo do lugar. O delegado disse:

– Estou vendo que quer voltar para a cachoeira.
– Por favor, não.
– Que foi que aconteceu depois?
– Não sei, chovia muito, estava escuro, não sei.
– O amante ficou com ela, o amante foi embora, foi nesse momento que mataram Ugarte?
– Ela disse que tinha matado Ugarte. Ela disse que tinha matado Ugarte e que ele não precisava mais ir embora.
– Quem é ele?
– Não sei.

Juca Barbosa não reagiu de imediato às palavras de Tenório.

– Você vai lembrar. A água vai lhe fazer bem, vai dar mais um tempo para pensar. A água é boa conselheira. Depois, nós conversamos.

Levantou-se da cadeira, jogou o cigarro no chão, esmagou o toco que restava, abriu a porta e saiu.

O carcereiro foi tocando Tenório até a entrada do cubículo. Empurrou-o para dentro com uma patada. Ouviu o ruído do corpo batendo na água, ouviu os membros, pernas e braços tropeçando e se agitando.

...

O comandante vinha subindo a rua empoeirada, batida pelo sol. As botas de couro encardido pelos anos, deslustrado pelo uso, chutavam pequenos golfos de poeira que se desmanchavam com pressa. Ugarte estava sentado na parte sombreada da varanda do hotel Colonial, rente à balaustrada de pedra que dá para a rua. O comandante vinha subindo a rua, e Ugarte calculava o tempo que ainda tinha pela frente. Queria saudá-lo da forma mais casual e espontânea possível.

Ugarte folheava um jornal que não lia. Mantinha o jornal levantado para encobrir o rosto. Chegada a hora, afastaria o jornal e afetaria surpresa para saudar o comandante que acabara de chegar. Ugarte vira o navio aportar pela manhã.

O comandante subia a rua. A aba do chapéu de palha caída na frente procurava proteger os olhos contra a claridade da hora. Carregava uma bolsa de pano grosso a tiracolo, e dentro da bolsa estava o pagamento pela última carga levada rio abaixo. Ele não parecia ter notado Ugarte, pois os passos cansados traziam-no de maneira inevitável para o lado da varanda. Se tivesse notado Ugarte, provavelmente teria mudado de rumo ou pelo menos retesado o andar e se preparado para o encontro indesejado.

Ugarte aproximou o jornal do rosto, como se estivesse atento a alguma notícia do pé da página, mas espreitava o homem alto e magro que vinha subindo a rua. Quando pôde ouvir os sons das botas raspando o chão, um ligeiramente mais longo que o outro, como se ele mancasse, Ugarte abaixou o jornal. O comandante ainda não o tinha notado. Ugarte tomou fôlego e se decidiu:

– Comandante, mas que surpresa! – gritou. O comandante levantou os olhos e em seguida abaixou-os de volta, sem alterar o passo. Ugarte soltou o jornal sobre a mesa. Ergueu-se: – Ainda ontem pensava no senhor. Que surpresa! Posso lhe pagar alguma bebida? Faço questão de tirar o amigo desse maldito sol por um instante.

O comandante atrasou o passo, depois se deteve. Em pé, na rua, a alguns poucos metros da varanda do hotel, resmungou e protegeu a bolsa de pano com a mão esquerda espalmada.

– Ugarte, deixe-me dizer-lhe uma coisa: na cintura, debaixo da camisa, carrego uma pistola automática e há uma bala pronta na agulha. Se tentar alguma coisa, descarrego sobre você e sem piedade toda a pistola, até a última e miserável bala.

Ugarte levantou as mãos:

– Santo Deus, homem, que maneira de falar a um amigo.

– São quinze balas.

Ugarte sorriu:

– Não estou interessado em nenhum centavo do dinheiro que, presumo, carrega dentro da bolsa. Quero contratá-lo para que trabalhe para mim ou, se quiser me dar a honra, proponho-lhe uma sociedade, meio a meio, partes iguais. Venha, vamos beber algo e conversar.

O comandante não pareceu ouvir as palavras de Ugarte:

– O único e grande problema que vejo nestes dias de sol é o imenso calor e a umidade brutal.

– Todo o investimento inicial será meu.

– Pensando bem, gostaria de morar um pouco mais ao norte. Algum dia me decido.

– A Companhia vai fechar, comandante. Abandona o projeto, vai embora.

– Falta é decisão...

Ugarte voltou a se meter no monólogo do outro:

– A decisão já foi tomada.

O comandante foi brusco:

– Eu ainda não decidi.

– Estamos falando de decisões diferentes. Não há diálogo entre nós, comandante. Só espero que sua decisão, quando ocorrer, ainda tenha sentido.

O comandante fez um sinal com a cabeça como para agradecer a Ugarte e estava para reiniciar a caminhada quando este jogou-lhe:

– Bárbara está na cidade.

O comandante voltou-se para Ugarte:

– Canalha.

O outro riu:

– Cuidado com as palavras, comandante. Afinal de contas, não era eu quem invejava sua posse quando ela era minha mulher. Agora não é mais, está só, e pensei que o fato pudesse interessá-lo.

– Canalha. – O comandante voltou a andar e foi subindo a rua, chutando a poeira a sua frente.

. . .

    O aeroporto de Moires era uma simples casa branca, um pátio de estacionamento para aeronaves com chão estropiado e uma pista asfaltada de pouco mais de quatrocentos metros. A casa caiada era a estação de passageiros e abrigava, numa pequena saleta que tinha uma janela, a estação de rádio para o controle do tráfego sobre o aeroporto.
    Salim, o operador de rádio, percebeu o carro aparecer por trás das árvores, saindo da curva que ia dar na entrada do aeroporto. *Quem diabos estaria chegando depois de vencer a estrada esburacada que liga o aeroporto à cidade?*
    Em dias de chuva, o caminho era pouco mais que intransitável. Salim, o único funcionário que dava plantão no aeroporto todos os dias do ano, chegasse ou não chegasse um avião, morava no meio do caminho e tinha uma bicicleta para fazer o percurso entre a casa e o trabalho. A bicicleta funcionava quando o caminho estava seco. Com chuva, vinha a pé.
    O carro entrou no estacionamento, passou pela janela da sala de Salim e foi perder-se a um lado. Salim não ouviu o motor ser desligado. Ouviu a porta do carro bater com força. Depois ouviu os passos na sala de embarque. Esperou que quem tivesse chegado entrasse na sala de rádio.
    Tadeu empurrou a porta, com a capa de chuva encharcada e despejando água pelo chão. Espalmava a capa para fazer escorrer a água. Salim conhecia o jornalista de vista. Lembrava de tê-lo visto no desembarque em Moires e sabia quem era, pois, afinal, o jornalista Tadeu era uma espécie de celebridade na cidade.
    – Quase não consigo chegar – disse Tadeu. – O caminho está intransitável.
    – Milagre mesmo ter chegado.
    Tadeu balançou a cabeça:
    – E meu avião?
    – Seu avião está pousado a uma hora de voo daqui.
    – Alguma esperança de que chegue nas próximas horas?

— Nem nas próximas horas nem nos próximos dias. — Salim olhou para fora, pela janela: — Moço, esta chuva é chuva de estação, não para assim, de um dia para o outro. Pelo boletim que chegou agora de manhã, vamos ter chuva durante a semana inteira.

— Estava melhorando. Parou de chover durante algumas horas.

— Qual nada. Parou de cair água, mas o céu tá prenhado de chuva. Isto não passa não. É do ciclo.

— E o avião não chega.

— Chega nada, moço. Enquanto chover assim, desse jeito, o avião fica pousado. Só chega quando parar a chuva.

— Tem certeza?

— Não precisava ter vindo até aqui para perguntar sobre o avião.

— Eu sei que não, mas queria sair da cidade. Quando saí da cidade, não chovia. Cheguei a pensar que o avião poderia pousar, de repente.

— Pode parar de chover em alguns pontos, mas a rota do avião está cheia de chuva.

— O piloto não se arrisca.

— Não se voa com um tempo desses.

— Vim num carro de aluguel. O motorista está me esperando.

— Vai ser difícil voltar.

— Tão difícil quanto foi chegar.

Salim calou-se.

— Bom, de qualquer forma, obrigado pelas informações — disse Tadeu e virou-se para abandonar a sala de rádio.

Sem fechar a porta, atravessou a sala de embarque e saiu. Salim ouviu a porta do carro bater. Depois viu o carro passar pela janela da sala e se afastar do estacionamento do aeroporto. Antes da curva que virava à direita e se perdia atrás das árvores, Salim viu que o carro derrapava no barro vermelho.

. . .

As pás de madeira do ventilador de teto giravam sem potência. Ugarte apertava o lenço de linho pelo suor que ele retirava da testa, da nuca, do pescoço. Perguntou:
– Que acha?
– Muito.
– Qual é o problema? As terras são novas.
– Tão novas que precisamos cavar.
– Sim, isso sabemos.
– Não se pode cavar com tanta rapidez. Tivemos acidentes.
– A taxa de acidentes é baixíssima se comparada à de outros veios. Sei o que estou dizendo, tenho experiência no assunto.
– Poucos acidentes continuam sendo acidentes. E isso é muito.
– Que sugere?
– Ir mais devagar.
– Isto é um negócio, nós estamos presos a um contrato, há metas que cumprir. Tivemos acidentes? Está bem, tivemos acidentes, vamos procurar trabalhar em profundidades menores. Não podemos fazer isso?
O homem estava sentado e tinha as pernas levantadas e os pés apoiados sobre a quina da mesa. Disse:
– Você sabe tanto quanto eu: em profundidades pequenas, não há mais ninguém, a terra está esgotada, existe o deserto. A alternativa é cavar mais fundo ou, então, subir o rio e trabalhar as terras do norte. Falou com o homem?
– Ele não quer me ouvir.
– Você disse a ele que isto aqui está acabando, se já não acabou?
– Disse.
– Disse a ele que as terras do norte são a única saída?
– O homem não quer me ouvir.
– Todo homem tem seu preço.

– Pode ser, mas este demostra uma grande má vontade comigo, não me ouve.
– Por que será?
Ugarte olhou para o interlocutor:
– Ironia?
O outro soltou uma gargalhada. Ugarte se aproximou dele. De repente, jogou as duas mãos pesadas e empunhou a gola da camisa do outro:
– Não admito segundos sentidos. Que foi? Tem que ser claro. Que foi?
O homem ficou lívido, mas se recompôs:
– Calma, só quero entender a origem da má vontade do comandante: qual dos golpes que você aplicou nele foi o que fez nascer esse sentimento de repulsa que você qualifica de má vontade?
Ugarte largou a presa:
– Não importa o que fiz ou deixei de fazer. Ele não me suporta.
– E é ele quem tem a chave para as terras do norte.
– Tenho outra ideia.
– Posso saber?
– Não, é apenas uma ideia.
– Que vamos fazer?
Ugarte se ergueu e foi caminhando lentamente até uma das janelas. Limpou o suor.
– Nada. Não há nada a fazer. Sinto lhe dizer que tudo isto está acabado, a história acabou. Temos ainda um tempo inercial pela frente, meses, um ano, não creio que chegue a mais do que isso. Tenho uma pequena ideia que vai permitir alguma sobrevida, não muita. Depois, *the end, my friend, the end*. Por outro lado, melhor assim: o inferno não deve ser muito diferente deste lugar.
O homem que mantinha o diálogo com Ugarte fez cara de espanto, sorriu e disse:
– Estar a seu lado, Ugarte, é surpreender-se a cada instante: não o sabia religioso ou crente.
– E não sou, não acredito no céu e nos padres; já no inferno...

— Não me acuse de irônico, por amor a minha camisa, mas, de certa forma, todo homem acredita no futuro que lhe pode caber.

Ugarte limpou mais uma vez o suor da face.

— Pode ser, pode ser. Sou capaz de vender lenha para o fogo do diabo.

— Não duvido da empreitada, mas me ocorre uma contradição de fundo ético-moral: com a lenha que você iria vender, de excelente qualidade, como convém a um homem de negócios do seu calibre, o fogo não teria condições de aguentar por muito tempo, o que significa que, sem fogo, o inferno deixaria de queimar, o pecado deixaria de ser punido e o mal, essa vítima da opressão, liberto, viveria no paraíso, por toda a eternidade. Um belo lugar para extravasar os seus pecadilhos, não acha?

Ugarte abaixou os olhos como se pudesse enxergar o brilho dos sapatos. Com um sorriso de reconhecimento, foi-se divertindo com a hipótese:

— Por que não? Por que não? E não esqueço o amigo: quando estiver no meu reino, chamo-o para junto de mim.

O barracão de madeira onde se concentravam todos os serviços de comunicação social da empresa era provisório, e o guia foi logo explicando que as futuras instalações, um prédio funcional, construído com o que existia de mais moderno em termos de arquitetura de ambientes, estaria localizado às margens do rio. As obras estavam para começar.

A construção se dividia em pequenas salas com abertura para o corredor que fazia o perímetro. Na sala onde estavam, havia uma mesa ovalada, de grossa madeira escura, que fora trabalhada de forma tosca a se reparar na superfície do tampo, ondulado e em parte coberta de arestas que a mão do artesão não soubera ou não quisera aplainar. As cadeiras eram de igual forma mal-acabadas, com encosto vertical e assento rijo. Por certo, não convidavam a uma permanência prolongada.

Nas paredes, havia mapas da região e algumas fotos mostrando o trabalho nos campos em atividade.

O guia fez uma apresentação do roteiro que iriam seguir naquela manhã. Visitariam dois campos de produção, dois veios, um em atividade, o outro recentemente desativado, à espera de uma nova maturação. A maturação estava prevista para dali a uns cinco ou seis anos. Fotos não eram permitidas, havia um rico arquivo delas, poderiam ser fornecidas e se esperava do repórter que contasse o que vira aos leitores do *Alvorecer*, a publicação oficial da empresa, um semanário de qualidade, impresso a quatro cores, em papel *couché*, que servia de canal de comunicação com a sociedade. Para cumprir os trâmites burocráticos, o repórter mostrou mais uma vez o documento que o acreditava como jornalista da empresa e ouviu, em tom de desculpa, que todo cuidado era pouco com os repórteres.

A volta estava marcada para algo em torno do meio-dia.

A viagem até o primeiro campo – iriam começar a visita pelo campo desativado, apesar de este se situar a maior distância – fazia-se por terreno indomado. O chão de terra não era liso, e o veículo sacolejava, dava trancos e às vezes pulos quando o motorista-guia não avistava a tempo concavidades e protuberâncias do terreno. As margens da estrada estavam definidas em algumas partes. Em outras, apagavam-se, e a vegetação invadia o caminho, tornando estreito o passo. Um turbilhão de poeira vermelha que logo perdia consistência acompanhava a passagem do jipe.

Depois de uma hora de viagem, chegaram a Tambá Dois.

O repórter saltou do carro, espreguiçou-se e massageou os rins.

Tambá Dois era um campo a céu aberto. O processo de escavação tinha sido realizado a partir da superfície, em círculos concêntricos que diminuíam de raio à medida que se aprofundavam, o que resultava na figura de um cone invertido de bordas amplas. Na superfície, ao redor da boca, havia outro círculo desenhado no plano, criado para orientar a movimentação de homens e máquinas.

Sobre esse terreno árido, espalhavam-se algumas construções de madeira. Os barracões de serviço estavam esquecidos e semidestruídos. Havia máquinas sucateadas e veículos incompletos. A torre, usada para a moagem do clínquer, parecia montar guarda. Uma viga de ferro que pendia do alto, a um lado, era empurrada por qualquer sopro de vento, chocava-se com a estrutura e fazia soar uma badalada ocasional, testemunha proclamada e lúgubre do abandono do lugar.

De onde estava, à beira da depressão artificial, o repórter podia ver os terraços compactados que serviam à circulação e que davam a impressão de anéis incomunicados, mas que, em verdade, desciam suavemente pelos lados de terra em direção à base do campo, um círculo fundo e mal-iluminado pelo sol da manhã.

– Vamos descer até lá – disse o guia, acompanhando o olhar do repórter.

Soprava uma brisa cálida que fazia surgir redemoinhos do chão.

Enquanto desciam pela encosta do veio, o guia dava alguns detalhes sobre o campo. Fora descoberto dez anos antes e tivera uma boa produção durante oito anos. Dera sinais de saturação, e a Companhia, então, resolvera fechá-lo.

O repórter comentou:

– Dez anos? Quando o projeto da estrada de ferro foi implantado.

– Em verdade, a produção começou há dez anos. O campo era conhecido muito antes de o projeto da estrada de ferro se tornar realidade.

O repórter percebeu a motivação do guia e resolveu não prosseguir. Durante um bom tempo continuaram descendo em silêncio, pelo caminho em espiral, alternando momentos de luz com momentos de sombra, sentindo pouco a pouco que o calor da superfície cedia lugar a uma sensação reconfortante de tibieza que era perfumada com a umidade da terra.

– Qual é sua opinião sobre a estrada de ferro?

A pergunta do guia tomou-o de surpresa, e ele, antes de responder, procurou interpretar a origem dela:

– Como assim?

– Tem gente que é contra – emendou o guia, encurtando-lhe o tempo ou indicando uma resposta.

– Depende.

O guia insistiu:

– Conheço muita gente, dentro da empresa, que é contra.

O repórter não confiava no guia. Era solícito ao extremo e não podia ser sincero.

– A que profundidade está a base? – mudou de assunto.

– Uns 290 metros. Vai poder sentir a diferença de temperatura.

Uma vez na base, deixaram o jipe para caminhar pelo entulho de cascalho e terra resultante das inúmeras explosões controladas e das intensas lavagens que talhavam a pedra e permitiam chegar ao veio. Estavam a 290 metros de profundidade, cercados por paredes inclinadas e gigantescas, seguras pela técnica dos homens. Dali, podiam ver o funil invertido O silêncio era absoluto. E ocorreu ao repórter, lembrando os ensinamentos do tio Kramer, o do Breviário Karmenotti, para quem a realidade palpada era apenas uma pequena faceta do todo, e o silêncio tinha outra dimensão, era imenso e espreitava[1].

– Quanto silêncio! – murmurou o repórter.

Subiram lentamente a espiral que os levaria ao topo.

Tambá Dois era um poço pioneiro e fora um dos primeiros a ser testado com o método de lavagem artificial. A experiência tinha sido bem-sucedida, conseguindo-se uma alta produção. Na primeira indicação de esgotamento, o poço fora deixado para a reciclagem natural. No entanto, o algo de terrível não estava ali: estava nos outros poços esgotados e abandonados, que eles sim

---

[1] Nota do Editor: é uma referência ao livro *do Breviário Karmenotti sobre suplícios, tormentos, torturas e outras dores*, do autor, publicado pela Rocco em 1993.

davam a dimensão de uma época voraz, que necessitava ir sempre mais e mais para a frente, como se tivesse de superar a si mesma. O jipe deixou a cratera e agora trafegava no plano. O repórter olhou o relógio e perguntou ao guia:
– Quanto tempo ainda temos de viagem?
– Pouco mais de uma hora, sem correr.

A estrada, o caminho e a trilha determinavam a velocidade. Não obedecer aos caprichos das passagens resultava em desastre e, ao longo do percurso, diversas carcaças de diferentes veículos exemplificavam o resultado da temeridade. Viajava-se em geral por dentro de uma selva exuberante, costeando troncos, só bordejando a mata quando ela era mais espessa, e margeando pequenos cursos d'água. Sem aviso, saía-se a um pedaço de céu aberto, com vegetação rala de savana. Podia-se, então, acelerar um pouco, andar em linha reta até entrar de novo na selva e voltar aos cuidados de sempre.

Em pouco mais de uma hora, confirmando a previsão do guia, estavam em Pargo Um.

O veio estava em pleno funcionamento. À diferença de Tambá, não era um poço a céu aberto. Aqui, se desenvolvia técnica diferente: uma chaminé vertical, à qual se chegava por um elevador, dava entrada a várias galerias superpostas que se estendiam paralelas à superfície, em profundidades diferentes. A técnica permitia extrair material de primeira qualidade, sem arriscar grandes profundidades, onde, sabia-se por experiência, era maior a probabilidade de encontrar deformações. Chegava-se a uma cota considerada segura e explorava-se o nível por inteiro. Pargo Um havia atingido 100 metros e continuava a se mostrar fértil.

Na cota 80, a quase um quilômetro da entrada vertical, no fundo de uma galeria, operários trabalhavam num veio descoberto pelas sondagens do ecobatímetro digital. A monitorização indicava três sombras nitidamente configuradas, a pouca distância umas das outras. Os exames ecográficos feitos pelos especialistas indicavam uma formação normal e uma maturação adequada.

Os operários haviam vencido o manto de sedimentos rochosos e haviam retirado o entulho. Retirar o entulho era um trabalho penoso: era percorrer toda a galeria, baixa, úmida, até a entrada, empurrando a carga de pedra e terra. Um trabalho para braços, pernas, músculos, pulmões e corações de aço. Os operários eram recrutados entre aqueles de melhor físico. Dependendo da distância percorrida, do peso transportado, chegavam à boca do poço na superfície e podiam folgar por alguns minutos, na cantina imunda ou à sombra de alguma árvore. Depois, era voltar vazio, caminhar vergado, carregar o carrinho e recomeçar.

Os mineradores ficavam mais tempo debaixo da terra. Podiam estar ali por até dois dias completos. Esse longo período não era o ideal, mas às vezes, na última fase do processo, quando não podia haver qualquer interrupção no trabalho, surgia um tipo de argila mais dura que resistia com tenacidade à água e quase não se deixava vencer. Era então ter paciência, ir lapidando a argila com astúcia para torná-la mais vulnerável e vencer a terra pela perseverança. Os mineradores, por desempenharem um ofício de grande precisão, tinham direito a folgar um número de dias igual aos dias passados nas galerias. O guia ia dando as informações com ênfase no sucesso da Companhia e no empenho de todos.

O repórter podia ver o cansaço no rosto do minerador-chefe, que esguichava com cuidado a parede a sua frente. Da parede, escorria uma água vermelha que se empoçava por momentos, antes de desaparecer pelas inúmeras gretas do chão. A galeria se enchia do ruído do compressor de água e do ruído que a água fazia ao tocar a terra.

– Há quanto tempo estão neste parto? – quis saber o repórter.

O guia se adiantou e cochichou no ouvido de um dos profissionais que observavam o trabalho do minerador-chefe. O homem respondeu e acrescentou mais alguma coisa depois de consultar o relógio. O guia voltou para o lado do repórter.

– Quinze horas de trabalho e estimam mais duas horas. Vão fazer uma nova ecografia. – E acrescentou, como para justificar a demora: – São três.

Acabava de falar quando um bloco grande de argila se soltou da parede, em pedaços. O minerador-chefe suspirou aliviado. Com um gesto comandou a parada do compressor e recuou da posição em que estava. O profissional que o guia consultara adiantou-se e instalou eletrodos em pontos específicos da parede esguichada. Depois, voltou e ficou de cócoras em frente ao monitor de vídeo. Ligou o aparelho, buscando uma sintonia: ia e vinha, com ajuda do dial estriado. Detinha-se e procurava, com cuidado, um ajuste. Esperava, tentava mais uma vez. Buscava. Não satisfeito, desfazia tudo e recomeçava.

Então, parou e afastou a mão do aparelho. Olhava fixo para o monitor. Levou alguns minutos nessa posição. O silêncio era interrompido por gotas d'água que estalavam nas poças do chão. O profissional, ainda de cócoras, abriu um sorriso, levantou os olhos na direção do repórter e chamou-o para seu lado. O repórter abaixou-se sobre o ombro do outro. A imagem do monitor era confusa, muito riscada, e recebia interferência estática. Tinha áreas de sombra e áreas de claridade, mostrava volumes superpostos, rupturas de linhas, formas alongadas, elipses, movimentos pulsantes. O profissional não disse nada. Queria que o repórter, ele mesmo, fosse descobrindo o que via.

O repórter concentrou os olhos cansados pela falta de sono na tela que tinha a sua frente. Aquele não era seu mundo. Estranhava as linhas inventadas por capricho, que surgiam de um novelo nunca mostrado e que se iam desenhando, repetidas, em curvas suaves, arestas abruptas, nós, laços, reentrâncias e convexidades e que ganhavam sentido quando perdiam a continuidade. Esforçou-se diante da tela, lembrou formas e imagens guardadas na memória, comparou recordações, inventou contrapontos, deixou-se livre para imaginar sem pausas e surpreendeu-se quando passou a compreender. Desenhada na tela do monitor, uma vaga forma humana repetia-se três vezes. Em pedaços.

. . .

– Estive no aeroporto – disse Tadeu.
– Esperava ver o avião? – perguntou Malô.
– Acho que sim, esperava ver o avião, sim.
– Mas não vai ver avião nenhum por uns dias – riu Malô.
– Sei disso.
– Então por que não fica tranquilo? Relaxe, não adianta estar ansioso. Aproveite o tempo para escrever.
– Escrevi todas as reportagens possíveis sobre este lugar medonho.
– Não falo só nas reportagens. Tome notas. Quem sabe não é o começo de um romance?
– Tenho um caderno com muitas anotações. Anoto o que vejo.
– Você tem preconceito contra o lugar.
– Não é preconceito. É um conceito bem formado, em sã consciência. O conceito não podia ser pior.

Malô voltou a rir:

– Se você tivesse o tempo que eu tenho por aqui, mudava de ideia.
– Gosta daqui?
– Não é gostar daqui, é saber que não há saída, nem aqui nem em nenhum outro lugar. Todos os lugares se equivalem.

A chuva batia com força no piso do pátio interno do hospital. Pela porta aberta que dava ao pátio, entrava o ruído que faz a água quando cai pesada e por muito tempo.

– Soube que o pessoal que esperava notícias da índia tentou invadir a delegacia.
– Pois é.
– Eles estavam postados na calçada em frente.
– Ninguém deu notícias e eles foram querer saber o que havia.
– O pessoal não recebeu notícias, e o pau comeu.
– A coisa acaba sempre em porrada.

– Mas só um lado apanha. Chegou algum até aqui?
– Nenhum ferido a registrar.
– Me disseram que a coisa andou feia.
– Aquele pessoal está acostumado a apanhar. Só chega ao hospital quando o caso é muito sério.
– Quando o caso tem perigo de morte.

Malô sorriu e disse:

– Quando não dá para resolver com massagem e unguento.
– Esse pessoal não confia em médico – provocou Tadeu.
– Confia, sim. Confia em médicos e confia nos pastores da igreja.
– Você pensa ou gostaria que assim fosse, mas o pessoal está desiludido.
– Tá nada. Desiludido nada. Olha, quer saber? Estão desiludidos com muita coisa, mas a gente ainda tem um bom cacife com eles. Fazer o quê? Todos querem salvar a pele, todos querem salvar a alma.
– O pessoal quer é terra.
– Quer nada. Conversa! Eles acham que querem terras. O que eles querem é o dinheiro do dono das terras.
– Querem terra, querem dinheiro. Dá no mesmo.
– Não é o mesmo.
– Para eles, dá no mesmo: fodidos, sem grana e sem um palmo de terra para plantar, para morar, para morrer. É algo atávico.
– Atávico, porra nenhuma. É grana na mão.
– É segurança que eles buscam. É como um vínculo. Eles pertencem à terra que os viu nascer.
– No garimpo, ninguém quer ficar com a terra.
– O garimpo é diferente. Estou falando dos que querem terras.
– Aposto como iam querer uma terra com ouro e pedras preciosas.
– Vá se foder, Malô! E daí?
– Daí, nada. Querer eu também quero, eu também quero terra para plantar, para criar gado. Eu também quero fazendas e uma vida mansa.

– Vida mansa? Cê tá brincando. Porra, vida mansa? Queria ver você debaixo da chuva, queria ver o doutor Lavais lutando pela terra e levando porrada dos gorilas do delegado Juca Barbosa.

– Filhos da puta, aqueles gorilas são uns filhos da puta. Pode escrever isso na sua reportagem: filhos da puta. Vai escrever?

– Este lugar é uma merda, vou escrever.

– Escreve que os gorilas do delegado são uns bons filhos da puta.

– Tá bom! Vou escrever – disse Tadeu enquanto olhava o papel que Malô tinha sobre a mesa. – Atestado de óbito?

Malô abaixou os olhos para o papel:

– Este morreu sem sorte.

– Está morto.

– Não deve ter trinta anos. Estava no vapor que afundou.

– Dava para ver a idade?

– Chegou vivo até aqui.

– Trouxeram ele.

– O rio trouxe ele. Quando o barco afundou, conseguiu se abraçar a um pedaço do barco. Desceu o rio abraçado à madeira. Não sabia nadar. Desceu e não encalhou pelo caminho. Foi descendo. Teve sorte até chegar aqui. Quando chegou a Moires, encalhou numa ponta da ribeira. Era noite e gritou para pedir socorro. Os vizinhos ouviram, mas estava escuro e chovia muito, avisaram a polícia. Ninguém foi ver de perto. A polícia achou que podia esperar o dia raiar e nem foi. Quando o dia amanheceu, o pobre diabo deve ter se desesperado. Estava próximo da margem. Gritava e ninguém acudia. Deve ter pensado que ia se soltar das raízes que o prendiam e que ia voltar a navegar pelo rio. Já pensou, voltar a descer o rio até sabe lá onde? Achou que estava suficientemente perto da margem para chegar à terra firme. Largou a tábua de salvação e se atirou na água. Afundou. Como já era dia, um vizinho que chegava para ajudar viu o pobre diabo se debatendo, os braços fora da água, o resto sumido. O vizinho pulou para dentro do rio, mas não conseguiu retirar o homem a tempo. O diabo se debatia com força e com desespero. Depois de muito esforço, o vizinho dominou o homem e carregou o cara para fora do rio. Estava desfalecido. Ainda trouxeram ele até aqui. Chegou com vida. Tinha os pulmões encharcados. Foi embora. Uma enfermeira tentou respiração boca a boca e massagem no peito. O homem voltou, vomitou muita água e depois foi embora de vez. Quer dizer, o homem sobrevive a um naufrágio, sobrevive ao rio durante horas e horas e morre a metros da margem, praticamente nos braços de uma pessoa que queria salvá-lo. Não é absurdo?

– Os vizinhos não acudiram durante a noite?

– Não há luz à noite. Os vizinhos ouviram os gritos, mas não sabiam o que era. Ouvir direito como, no meio da chuva? Avisaram a polícia.

– E a polícia não foi.

– Foi nada.

Tadeu apontou na direção do atestado com o dedo indicador:

– Assina o atestado, Malô. Pode pôr: causa da morte, ausência de polícia.

– Tá bom – disse Malô com um sorriso.

– Ou então, escreve: causa da morte, falta de prefeito.

– Que tem a ver o prefeito?

– Quem fiscaliza os barcos por aqui? Quem deixa navegar com excesso de passageiros?

– Isso é assim mesmo. Além do mais, o naufrágio foi rio acima. Seria culpa de outra prefeitura ou da Capitania dos Portos.

– Prefeituras são todas iguais, são equivalentes.

– Os políticos é que são iguais.

– Dá na mesma.

– O prefeito daqui é um técnico, é diferente.

– Diferente como?

– É interessado, faz bem o trabalho.

– Só porque não deixa a polícia baixar o cacete mais vezes?

– Acha pouco?

– Não, mas acho que o prefeito não deixa por desavença com o delegado, só isso.
– Em parte é isso, mas é um rapaz de bem.
– Conhece ele de verdade?
– Conheço. Não sou íntimo, mas tive várias conversas com ele. É novo.
– Não prova nada.
– Teve uma votação expressiva.
– Não prova nada.
– É querido pela população.
– É político.
Malô riu:
– Se tiver má vontade com ele, não vai achar nada bom.
– Não tenho má vontade e acho Moires uma merda.
– Tem má vontade com Moires.
– Este lugar podia ser melhor.
Malô olhou em volta:
– Podia, mas isso não prova nada.
– Culpa do prefeito.
– Culpa de todos.
– E do prefeito, que representa a vontade de todos.
– Você vai discutir, porque está de má vontade.
– Viu Ugarte?
– Não. O delegado está preocupado.
– Com aquela história do mestiço?
– Com aquela história do mestiço.
– Vai lá na casa dele e pergunta para ele.
Malô tentava imitar a voz do delegado:
– Ugarte, você morreu?
– Pergunta para a mulher dele.
Malô voltou a empostar a voz:
– Seu marido morreu?
– O mestiço falou.
– Então tem que perguntar pro mestiço: onde está Ugarte?

– Tem que pegar o cara e perguntar a ele que porra de história é essa sobre Ugarte?
– Tem que esclarecer a coisa com o mestiço.
Tadeu disse com voz enfastiada:
– Assina o atestado e vamos até o bar.
– Ainda é cedo.
– Cedo ou tarde, essa luz que filtra através da chuva deixa tudo igual.

• • •

Noite. Bárbara. O comandante tem razão: Ugarte é um canalha.

Olhei em frente, fiquei quieto: acontecia outra vez. A mulher era perseguida, alcançada e subjugada. Tinha a roupa rasgada e arrancada aos puxões. Seu rosto era de pavor, as mãos tentavam repelir, a boca buscava gritar, mas não saía som algum. Jogada ao chão, procurava se levantar, erguer o corpo. Depois, se aquietava, o rosto virado para um lado, sujo de terra. O rosto agora estava tranquilo e a mulher parecia dormir. O ventre aberto, rasgado de cima a baixo, era uma ferida que secava ao sol.

O deserto está aí. Ninguém fala nele, pelo menos ninguém fala nele de forma aberta. Mas ele é um temor constante e de todos. Os primeiros sinais não tiveram grande repercussão e foram apenas isso, primeiros sinais: passaram despercebidos. Pequenas marcas de areia que o vento se encarrega de soprar. A preocupação maior é com as áreas mais novas. Há uma relação estabelecida entre os veios prematuros, abandonados portanto, e o surgimento de pontos de deserto. Não há dúvida quanto a isso. A Companhia sabe, Ugarte sabe. Todos procuram desconsiderar a gravidade do fato.

O repórter precisava mostrar ao serviço de divulgação da empresa a matéria sobre a visita guiada da semana anterior. A Companhia fazia questão de verificar tudo que pudesse ser publicado sobre ela e suas atividades. Queria verificar o texto, corrigi-lo, aprová-lo, censurá-lo e não fazia nenhum segredo sobre a intenção. Qualquer reportagem feita dentro das suas dependências tinha que passar pelo crivo dos profissionais da casa que decidiam o que podia ou não sair, o que era notícia de valor e o que era apenas opinião ou desinformação. Regras do jogo e ele, como contratado, assim diziam as suas credenciais, tinha que se submeter.

Tentara escrever o texto várias vezes, sem sucesso. Não estava interessado em falar sobre os veios visitados ou falar da eficiência da empresa na operação dos veios. Estava interessado, sim, em descobrir o que havia em Pargo Dois, por que o veio fora declarado em emergência e por que o acesso fora proibido. Outra coisa que o intrigava eram os rumores sobre a instalação de cercas eletrificadas em volta de alguns vilarejos e de alguns campos de trabalhadores. Uma epidemia era a hipótese mais plausível, mas ninguém parecia disposto a falar sobre o assunto. Pedira uma entrevista com o gerente da área, e a entrevista fora marcada com presteza. Depois, alguém da empresa ligou para o hotel e pediu a ele que enviasse com antecedência as perguntas que queria fazer ao gerente. Ele achou absurdo, mas como, de certa forma, estava vivendo um papel que não era o seu, graças à habilidade de um falsário, decidiu enviar o questionário, procurando disfarçar ao máximo seu interesse real.

Por isso, em vez de dizer diretamente que queria saber o que estava acontecendo em Pargo Dois, disfarçou a curiosidade, enviou uma lista de perguntas bobas e incluiu, entre elas, duas sobre o futuro da empresa, que abrangia Pargo Um.

No dia seguinte ao envio do questionário, a secretária do gerente mandou avisar que a entrevista estava cancelada. Não deu motivos, e todas as tentativas que fez para estabelecer novos contatos com o gerente foram infrutíferas. O repórter parou de insistir quando notou que seu quarto no hotel havia sido visitado por alguém que, com muito cuidado, remexeu papéis e não levou nada.

Decidido a cumprir o compromisso, dispôs-se, pela décima ou milésima vez, a escrever a reportagem sobre a visita com o guia. Buscava começar a primeira linha, estava ordenando as ideias, ou melhor, o que era mais verdade, estava querendo iniciar uma frase que pudesse gerar outras frases e, assim, dar partida ao artigo pelo qual não sentia nenhum prazer, quando ouviu que alguém batia à porta: dois toques com os nós dos dedos.

Se estivesse escrevendo embalado por algo que lhe desse prazer, não teria ouvido os toques na porta. Talvez os ouvisse depois de alguma insistência. Teria, então, gritado, de onde estava e de maneira inconsciente, sem distrair a atenção da folha de papel, um convite ou uma ordem para entrar. A quem quer que fosse. E não teria se dado conta de que esse alguém entrava. Mas não estava escrevendo, estava procurando uma frase geradora e não conseguia encontrá-la. Ao ouvir os dois toques na porta, não esperou mais, aproveitou a oportunidade, pôs-se logo de pé, abandonou o papel sobre a mesa e saiu em carreira para encontrar o interlocutor ocasional que o desculpava para bem longe da tarefa maçante que era escrever.

Era Ugarte. Não o conhecia, não de ter conversado com ele. Lembrava de tê-lo visto algumas vezes, à noite, na taberna.

– Posso entrar? – disse Ugarte assim que ele abriu a porta. O repórter hesitou por um instante. Se por um lado almejava uma companhia que o obrigasse a deixar o trabalho, pelo outro sentia que o homem que tinha a sua frente não era essa companhia. Era um homem gordo. As mãos fortes e suadas empalmavam a porta e não permitiam que o repórter a fechasse. A voz era desagradável, os olhos eram vivos. Ugarte empurrou seu corpanzil contra a porta e disse:

– Não tomarei mais do que alguns minutos do seu tempo.

O repórter estava aturdido, mas o convidou a entrar.

– Conheço-o de vista, já o vi na taberna – disse o repórter.

– Não posso dizer o mesmo: nunca o vi na taberna. Para ser sincero, nunca o tinha visto antes, no entanto sei tudo a seu respeito. – Ugarte falava de costas para ele, enquanto caminhava até a janela que dava para o terraço do hotel. A voz era mesmo desagradável, mas, pior que a voz, era a postura arrogante. O repórter ia começar a reclamar quando o outro virou-se, como se lhe adivinhasse os pensamentos. Levantou a mão espalmada e continuou: – Sei tudo, inclusive devo adiantar-lhe que o pessoal está impaciente com esse seu relatório. – Ugarte apontou para a folha de papel em branco sobre a mesa. – Se aceitar um conselho, não demore muito, evitará problemas.

– Não é um relatório. É uma reportagem e entrego...

Ugarte interrompeu:

– O que for, entregue. Mas não vim aqui para falar de relatórios ou de reportagens.

– Não creio que esteja interessado no que eu possa estar escrevendo. – O repórter procurava tomar a iniciativa do diálogo. Afinal, o território era seu.

– Talvez sim, talvez não. Talvez eu saiba algo sobre Pargo Dois, talvez eu possa contar-lhe exatamente o que está acontecendo por lá, talvez fique tão agradecido com o fato de eu lhe saciar a curiosidade que se disponha a me ajudar.

– Que sabe sobre Pargo Dois?

Ugarte sorriu debochado:

– Devagar, ou a coisa toda perde a graça.

– Quem é você?

Ugarte riu:

– Apostava que fosse perguntar isso primeiro, depois perguntar sobre o que quero do senhor, de você, já que escolheu este tratamento, e só finalmente fazer a pergunta sobre Pargo Dois. Pelo visto eu não entendo nada de escritores e dos métodos que usam para estabelecer diálogos.

– Sou repórter.

– É verdade. Tinha esquecido a diferença sutil.

– O que quer?

Ugarte fez uma pausa. Agora estava sério:

– Então, vamos lá. Quero que escreva sobre tudo o que vê, como se estivesse de fato trabalhando para a Companhia. Quero que escreva dessa forma apesar dos rumores que vai ouvir, ou apesar de tudo o que posso lhe mostrar, se aceitar o trabalho. Em resumo, o que lhe proponho é uma sutileza que vai apreciar. Você é um repórter que está farejando algo e quer investigar. Para poder levar adiante seu propósito, transformou-se, de forma clandestina, num empregado da Companhia da Estrada de Ferro.

Eu, para não denunciá-lo, imagine só o que as autoridades não fariam com uma informação como a minha e imagine o que fariam com você se soubessem quem de fato é, faço-lhe uma proposta: que trabalhe para mim, fazendo crer que está trabalhando para a Companhia. Como pagamento, conto-lhe tudo acerca do seu interesse primeiro: Pargo Dois.

Queria medir o efeito de suas palavras no outro. O repórter estava interessado:

– Continue, Ugarte, quero ouvir mais.

– É um círculo perfeito ou uma volta às origens. Vai saber o que tanto deseja saber, mas, para isso, vai se comprometer a nada revelar. Pelo contrário, vai fazer crer que nada sabe. Um pouco confuso, talvez, mas vai entender depois. Não me diga agora o que acha da minha proposta, não diga nada. Não gosto de decisões precipitadas e quero, por favor, pelo seu bem, que termine antes o relatório... perdão... a reportagem que estava querendo começar. Encontro-o na taberna mais tarde e então conversamos. – Caminhou até a porta, abriu-a e, antes de sair, completou com um sorriso: – Sua sorte é que os papéis que você produz estão se acumulando por aqui mesmo.

O repórter foi até a janela. Viu Ugarte sair, atravessar a rua, dobrar a esquina. Viu também uma patrulha da polícia que descia em direção ao hotel. Eram quatro homens que vinham a pé. Caminhavam devagar, estavam atentos a todos os lados. Se aparecesse alguém, certamente seria interceptado e teria os documentos examinados com todas as suspeitas do mundo. A patrulha da polícia vinha com a certeza formulada de que o suspeito existia e que era apenas uma questão de tempo encontrá-lo. A história se repete, sempre.

O repórter lembrou de algo desagradável: o passaporte. Correu até o armário, abriu a porta e vasculhou a gaveta onde o guardava, debaixo das três camisas. Não estava. E antes de procurar em outro lugar, no bolso da calça, na mala de couro marrom, na gaveta de cima, antes de explorar as possibilidades afinal refugadas na memória, soube que o passaporte fora roubado. A partir de então, estava, sem rodeios, desculpas ou fantasias, na ilegalidade plena.

Sentou para contemplar a situação e percebeu, com uma ponta de ironia, que o ato de sentar parodiava a perda de movimentos, a amputação radical das duas pernas. Estava preso: sem documentos para ficar, sem documentos para sair. Pôs-se à frente da folha de papel em branco. Puxou uma palavra, quase ao acaso. Emendou outra palavra e foi encontrando algumas frases geradoras de outras frases, foi compondo a reportagem. Era um relatório de visita mais do que uma reportagem.

. . .

    Juca Barbosa olhava Tenório, que estava nu. O preso tremia debaixo da corrente de ar que o ventilador de teto soprava.
    – Você vai pegar uma pneumonia, velho. – Tenório não respondeu, mas pareceu concordar com um movimento de cabeça. – Porra, e vai ser chato falar com teu patrão e dizer a ele que você se fodeu porque quis. Eu já estou ouvindo Ugarte falar: "Quer se foder, tem que se foder". Você trabalha há quanto tempo para ele?
    Tenório tremia e chegava a salpicar gotas de água que desciam pelo corpo magro:
    – Tem anos.
    – Quantos? Dez? Quinze? Vinte?
    – Mais de quinze.
    – Quando cheguei aqui você já estava com Ugarte há muito tempo.
    – Muito tempo mesmo.
    O delegado estava sentado com o peito apoiado no encosto da cadeira, os braços cruzados no topo do encosto.
    – Você trouxe Maira até Ugarte. Você apresentou eles. Eu acho que você comeu ela. Quer dizer, comer, você já comia antes, mas eu desconfio que você continuou trepando com ela na cama de Ugarte quando Ugarte não estava em casa, quando ele estava na fazenda. – O delegado pegou o maço de cigarros que estava no bolso da camisa. Sem pressa, pinçou um com a ponta dos dedos. Deixou-o preso aos lábios pela ponta. Buscou a caixa de fósforos no bolso da calça. Abriu-a e pegou um. Fechou a caixa, riscou o fósforo. Olhou a chama exuberante e jovem. Aproximou o fósforo do cigarro e queimou com visível prazer a ponta de papel e tabaco. Puxou uma baforada longa. Enquanto soltava a fumaça que chegava do fundo dos pulmões, foi dizendo: – E se Ugarte chegasse naquele momento, fazia o quê? E se dissessem a ele que o mestiço metia na mulher dele, fazia o quê? Fazia o quê, hein?

Do lado de fora, ouvia-se a batida da chuva e chegavam os gemidos cansados do homem preso por tentar invadir a delegacia pela manhã. Não havia lugar nas celas, e o homem estava amarrado por um braço ao tronco da única árvore que crescia na parte de trás da delegacia. Tinha escoriações, não sangrava, mas gemia deitado encolhido. Com a mão livre, comprimia a região da barriga.

Juca Barbosa disse:

– Você matou Ugarte, velho. Ugarte ficou com raiva de você porque você metia com a mulher dele, na cama dele. Ugarte resolveu te matar. Aí você reagiu e matou ele primeiro.

– Eu não matei Ugarte.

– Quem matou?

– Já disse, foi ela. Ela disse que tinha matado Ugarte, disse pro amante dela.

– O jornalista?

– Não sei quem era.

– Ela disse que ele não precisava ir embora.

– Falou.

– O jornalista estava indo embora. Foi ele que você viu?

– Eu não vi.

– Você não viu. Sabe por que você não viu? Porque você, velho, descobriu que ela estava tendo um caso com o jornalista. Você ficou puto quando descobriu. Ficou puto sem muita razão, mas ficou puto. Cobrou explicações dela. Deve ter gritado com ela, deve ter dado porrada nela. Nesse instante, chega Ugarte. Vê a cena, ouve as cobranças e os insultos. Ouve que o serviçal dele está caindo de porrada em cima da mulher dele. – Juca Barbosa interrompeu-se. Parecia indeciso.– Não, não, você não ia cair de porrada em cima de Maira. Mas você devia estar pedindo satisfações a ela. Ugarte vê aquilo, ouve aquilo e toma satisfações com você, insulta você. Chama você de uma porrada de coisas. Tudo na frente dela. Deve ter dado uns tapas em você. Você, que sempre apanha e cala, você, que sempre abaixou a cabeça, agora, cheio de ódio e para castigar Ugarte,

diz que comeu, sim, a mulher dele, na cama dele, enquanto ele não estava. Ugarte ouve o que você fala, decide acabar com você. Ele se aproxima com todo aquele tamanho. Você pensa que está vivendo os últimos instantes. Ugarte chega mais perto. Aí você pega o punhal que sempre carrega na cintura e crava o punhal na barriga de Ugarte. Ugarte, moribundo, cai em cima de você, vocês vão ao chão, e você faz esse machucado que tem nas costas.
– Eu não matei Ugarte. A mulher dele matou.
– Você matou.
– Foi a mulher. A mulher está grávida e não é de Ugarte. Aquela mulher não presta.
– Foi o jornalista?
– Quem matou foi ela.
– Foi o jornalista?
– Quem matou foi ela.
– Foi o jornalista que botou o filho nela? – gritou Juca Barbosa.
– Não sei.

O delegado estava com raiva. Ou talvez estivesse com ódio. Levou o cigarro à boca. Sugou com força a fumaça que a brasa viva incitava. Disse, sem esperar soltar a fumaça:
– Filho da puta, você vai voltar a apanhar chuva. Você vai morrer com febre e como uma esponja vagabunda, carregada de lama. Filho da puta.
– Não, não dá mais, eu tô acabado, misericórdia. – A voz de Tenório era um fiapo. O corpo tremia para dentro, como se tremesse com pudor.
– Mas, antes de morrer, você vai me contar quem é o amante de Maira. Ouviu, filho da puta?

Juca Barbosa abandonou a sala. Passou pelo homem que gemia. Entrou na casa da delegacia. Viu pela porta aberta que dava para a rua o grupo de pessoas que esperavam notícias da índia. O grupo voltara. Esperava na calçada em frente, debaixo da chuva.
– Filhos da puta – resmungou o delegado.

— Se quiser, a gente despeja eles — disse o plantonista.
— Qual é a alegação?
— Ameaça de tumulto, impedimento à livre circulação na calçada pública, suspeita de invasão à delegacia.
— Você não tem nenhum argumento — gritou Juca Barbosa já de dentro de sua sala.
— Se quiser, eu mando alguém ir lá e provocar eles, mando alguém sair no pau com eles, e aí a gente reprime.
— Eles não vão aceitar provocação. Esse pessoal sindicalizado é esperto.
— Esperto nada. Se baixar o cacete, eles reagem.
— Se eles reagirem de verdade, nós estamos fodidos. Eles reagem, e nós não temos como segurar.
— Mete bala.
O delegado Juca Barbosa não respondeu.

• • •

– Para melhor situar os acontecimentos atuais em Pargo Dois, vou fazer um rápido resumo do projeto da estrada de ferro.

– Ugarte acomodou-se na cadeira com o apoio dos antebraços sobre a mesa. O toque de recolher já havia soado e ficavam na taberna todos aqueles, hóspedes ou não, que eram abrigados pelo hotel.

O repórter achou que devia dizer algo para estimulá-lo a falar:

– Estou curioso. – Foi o que conseguiu dizer, embora tenha ficado na dúvida se não teria saído "Estou furioso". Na verdade mesmo, o sentimento era de impotência.

Ugarte sorriu:

– A estrada de ferro é um sonho antigo de um grupo de empresários e uma aspiração antiga de várias parcialidades desta região imensa, Ticunas, Maskois, parcialidades originárias destas florestas. Para dizer a verdade, não sei quem tem precedência, se o sonho ou a aspiração. Não importa.

A luz deixava na penumbra grande parte dos detalhes faciais de Ugarte, e o repórter imaginava as evoluções do rosto enquanto o ouvia:

– Os primeiros estudos mostravam que a obra podia ser realizada e ser viável do ponto de vista econômico, contando-se com a população existente nas diferentes parcialidades por onde a estrada de ferro passaria. Havia número suficiente de pessoas para o empreendimento. Sem gente, sem pessoas, sem trabalhadores, sem consumidores, não se realiza nada. Então, os números eram animadores; as perspectivas, estupendas; e o negócio foi saindo do papel. Juntaram-se vários grupos com experiência em outras obras, e a coisa foi andando. Tudo isso deve ser do seu conhecimento, mas sempre é bom relembrar. É sempre bom começar pelo começo. É a melhor forma de chegar ao fim. Imagino que leve isso em conta quando escreve para seus leitores. – Ugarte aproximou o corpo sobre a mesa e perguntou, interessado: – Quando escreve, pensa num leitor em particular, tem alguém presente? Sempre me interessei em saber como é. Às vezes, leio coisas que não entendo, que não estão na ordem. Sabe o que quero dizer? Não começam no começo, nem terminam no fim, e me pergunto que diabos o escritor quer dizer e, sobretudo, que diabo de leitor vai ler aquilo? Não é assim?

– Eu escrevo sobre fatos, ouvidos e formulados.

Ugarte distendeu-se e concordou:

– Melhor. Os fatos estão sempre numa ordem que todos entendem. Como dizia: um bom projeto, tocado por gente experiente, tinha tudo para ser um grande sucesso. Mas, como em qualquer projeto, repito: em qualquer projeto, sempre ocorre uma variação de estimativa. A estrada de ferro estava sendo implantada, os primeiros quilômetros de trilhos iam sendo assentados, uma fortuna já tinha sido gasta. Nesses projetos grandes, se gasta muito no começo, depois é quase tudo inercial. São milhões e milhões gastos, até que um estudo mais detalhado mostre que os números iniciais estavam mal estimados: havia menos gente do que se esperava, menos usuários, menos trabalhadores para tocar a obra. Para tocar a obra, podia-se trazer trabalhadores de fora, mas não se resolvia o fundo da questão: não havia gente suficiente para consumir a estrada de ferro.

Ugarte puxou um lenço do bolso e limpou o suor da testa. Prosseguiu:

– Estudamos, então, a terra da região e encontramos vários veios possíveis. Nos primeiros campos, tivemos um sucesso extraordinário, e a produção foi grande, praticamente na superfície. Em outros campos, tivemos que utilizar a lavagem, imitando a natureza, fazendo artificialmente o trabalho das chuvas e, assim, fomos abrindo a terra, descobrindo os indivíduos que estavam prontos para nascer. Com esse método artificial, chegamos a profundidades consideradas duvidosas, mas tivemos o cuidado de monitorar cada metro vencido, e não houve problemas. A produção de novas pessoas continuava a crescer, mas também crescia a demanda por mais gente. Você conhece a equação clássica: homens e mulheres precisam de mais homens e mulheres. É o combustível do progresso. – Ugarte pegou o copo que tinha a sua frente. Levantou-o, mas lembrou que estava vazio.

O repórter perguntou:
– Você fala em "nós". Quem são "nós", quem é você, Ugarte?
– Agente imobiliário, que tal? – Ugarte riu da definição.
– Eu encontro os campos que são aptos para exploração, para produção de novas pessoas, de novos trabalhadores, de novos consumidores, e cobro um percentual sobre o produzido. Um trabalho que envolve faro, tino, inspiração. E que contribui para as duas pontas da economia, produção e consumo. Ajudo a fazer nascer as pessoas necessárias. Em outras palavras, sou um benfeitor desta terra, da humanidade, não concorda?
– Você descobriu Pargo Dois?

Ugarte fez que sim com a cabeça e entusiasmou-se:
– E era o campo mais promissor, o mais fértil. Com Pargo Dois, acabavam-se os problemas da estrada de ferro, ia haver gente para duas vezes o projeto. – Suspirou. – Tudo ia bem, a produção era abundante, e, com as chuvas, a extração era simples, a poucos metros da superfície. De repente, a produção caiu. De um dia para o outro, caiu, despencou. De um dia para o outro, não havia mais nada, não saía mais um só corpo com vida do barro do garimpo.

Ugarte interrompeu o que dizia. Desejava que as palavras fossem bem assimiladas pelo repórter.

– Começamos a cavar, e a Companhia começou a injetar água, a desmanchar os barrancos com jatos d'água. No começo, pensávamos que fosse apenas um capricho do terreno, que as pessoas que a gente esperava encontrar no meio do barro iam voltar a aparecer. Cavamos. Em dias, estávamos a mais de cem metros de profundidade, e nada, nada. Não havia sinal de nada, não havia ninguém pronto para nascer. – Os olhos de Ugarte mostravam desolação, vazio. – Até que voltamos a ter indícios pelo ecobatímetro. Cavamos mais. Os indícios aumentaram. As ecografias mostravam de novo a conformação de um veio rico. Cavamos na direção das presenças, mas os corpos que esperávamos estivessem cheios de vida vinham todos deformados. – Ugarte valorizou o silêncio que impunha e disse, dramático: – Eram prematuros. A maioria se desintegrava quando os indivíduos eram puxados para fora da terra. Os recém-nascidos que sobreviviam tinham falta de algum membro, não serviam para nada. Foi um pânico. Imagine a expectativa e imagine a sensação de que todo o projeto estava indo por água abaixo. Fomos obrigados a fechar Pargo Dois, "o veio da esperança", como chegou a ser conhecido, e buscar alternativas. Encontramos alguns veios, que não prometem abundância. Estamos trabalhando neles. Mas a notícia de que algo havia acontecido em Pargo Dois, o rumor do desastre, vazou, e as versões se multiplicaram de forma perigosa. Dizem agora, por exemplo, que, além dos deformados que encontramos lá, todos os que nasceram nos outros campos vieram com defeito, com alguma deficiência, e que são estéreis.

Ugarte movimentou-se com incômodo na cadeira e continuou:

– Dizem também que os campos, porque são muito novos, estão se transformando em desertos imensos, que o equilíbrio ecológico foi rompido e que não há volta. A situação se agrava. São rumores que se avolumam, e temos, neste momento, muitas invasões de terras. Vários núcleos, sindicatos e associações de gente local entram em pânico com uma visão assim do futuro e, por esse motivo, invadem as terras. Acham que suas parcialidades estão condenadas, pela grande quantidade de nascidos estéreis, pela falta de novos ventres. Chamam a si mesmos de os sem-terra, os sem-ventre. Dizem que somente a natureza sabe quantos indivíduos devem nascer por ano, e que só o conhecimento desse número poderia ajudar a encontrar o equilíbrio que permitiria sair do impasse. Imagine: são contra o progresso, são passivos, abominam a modernidade.

O repórter estava atento a cada palavra de Ugarte, quase imóvel. O outro continuou:

— O problema é que os movimentos que levam a invasões são contagiosos e dominados por histéricos. Tivemos que cercar milhares de quilômetros de terras ainda não exploradas, eletrificar as cercas, vigiá-las, contratar guardas para evitar as invasões. Tudo isso tem um custo, e a Companhia está fazendo cálculos. Há rumores, são rumores, de que talvez tenha que ir embora e abandonar o projeto. É a tal coisa: está perdido o que foi perdido, mas não se perde mais. É a filosofia de todo administrador consciente. Não posso culpá-los, porque ninguém quer perder. Mas eu quero mostrar a eles que nem tudo está perdido. Tenho terras nas quais confio, que podem reverter a situação. Sabe, vou lhe dizer uma coisa: há muita desinformação, muito boato, muito disse que disse, e isso é péssimo para os negócios. Meu amigo, preciso de sua ajuda, preciso da contrainformação, preciso fazer conhecer a versão verdadeira: o projeto tem tudo para brilhar. Vamos encontrar novas terras e tirar delas o que a estrada de ferro mais necessita, que é gente em abundância.

— Essa é a versão verdadeira?

— Essa é a versão.

— E devo escrever sobre essa versão?

— Espero que escreva sobre essa versão, apesar dos boatos, apesar de todas as tentativas que farão para dissuadi-lo, e incluo aí seu faro investigativo. Apesar de todo seu conhecimento, espero que escreva sobre essa versão. Não posso permitir que se abandone o projeto. Quero que a opinião pública, os acionistas, os dirigentes, todos entendam que a estrada de ferro é uma obra irreversível, porque há terra com excelentes veios, de onde ainda vai nascer muita gente saudável. Estou certo de que vai se sair bem nessa missão. Vai ter que ficar em Porto Amazonas por mais tempo do que pensava. Quero que fique e não abandone nossa base. Quero que escreva pelo menos um artigo por semana, apoiando a obra. O inverno por aqui não é tão ruim como dizem, e, além do mais, quem sabe se toda a experiência vivida não se transforma em livro?

O rosto sorridente reluzia de suor, e a pele ganhava a coloração do cobre. O repórter hesitou, mas se atreveu:
– Não mede o preço da empreitada.
– É o custo do progresso. Todos têm que pagá-lo.
– E então, o que está acontecendo por aqui?
Ugarte soltou uma gargalhada:
– Não perde tempo.
– Nosso trato não o fixa.
Ugarte foi esmorecendo o riso:
– O que quer saber?
– Os fatos. É alguma epidemia?
Ugarte fez que não com a cabeça:
– Não, não é nenhuma epidemia.
– Se não é uma epidemia, o que é?
– Como se diz por aí, um acidente ecológico.
– Continuo no escuro.
– Simples: com as demandas crescentes por parte da estrada de ferro, os veios, que até aí estavam sendo trabalhados com cotas razoáveis, tiveram que aumentar a produção. Foi então que começaram a aparecer os indivíduos não completamente formados e estéreis.
– Já disse isso.
– É verdade, já disse isso. O que não disse é o número.
– Muitos?
Ugarte ousou:
– Digamos que a população inteira de Porto Amazonas, a população das comarcas vizinhas e a população inteira de Nolasco estejam órfãs.
– Não há ventres para eles?
– Não há para todos.
O repórter se assustou:
– É monstruoso.
– É o preço, é a conta, é o progresso. Além do mais, está feito.
– As pessoas sabem?

– A informação acaba sempre se espalhando.
– Não foi o que perguntei: elas sabem? Foram informadas?
Ugarte bateu na mesa:
– Escute aqui. Informar não resolve. Seria apenas instaurar o pânico. Não há remédio conhecido. Sempre há um lado que perde e outro que ganha em toda empreitada. Informar não resolve. Mas eles acabam sabendo. Por isso...
– Por isso, as cercas e os campos cercados, não apenas para proteger as terras, mas para manter nelas os indesejáveis. São campos de concentração.
– E tem uma ideia melhor? Quer ver esse bando de desesperados solto por aí, assaltando, roubando, estuprando?
Foi a vez de o repórter ser veemente:
– Buscam a vida, Ugarte. É a vida futura deles que está em jogo, buscam um ventre para acabar.
Ugarte parecia derrotado pelo repórter:
– Há experiências em andamento, estão testando introjeções artificiais.
– Ventres artificiais?
– Algo parecido.
– Para quando?
– Não sei para quando, mas é o quanto se pode fazer.
– Enquanto isso, a estrada de ferro continua, continuam as escavações, o nascimento dos deformados e estéreis e o consequente aumento do número de desesperados e de encerrados em campos de concentração.
Ugarte pediu que o repórter o deixasse falar:
– É verdade, mas veja a coisa por outro lado: é a própria estrada de ferro quem está interessada e busca uma solução artificial que resolva o futuro desses pobres infelizes. Se a estrada de ferro parar, a Companhia deixa de se interessar e, aí sim, teremos o grande problema. Então, temos que continuar. É a maneira de resolver a questão que criamos.
Ele se referia aos milhares que envelheciam àquela hora nos campos fechados, homens e mulheres envelhecidos, inúteis para

qualquer trabalho ou para qualquer projeto de consumo. Àquelas pessoas, inservíveis para a estrada de ferro, envelhecendo, diminuindo de tamanho pouco a pouco, até o fim. Os pequenos machos e fêmeas, ficando com o avançar da idade cada vez mais indefesos, diminuídos até chegar aos três quilos, aos quarenta centímetros de tamanho, estariam alheios a tudo, apagados do mundo.

Dominados apenas pelo instinto natural, com certeza estariam ansiosos por romper a membrana de um ventre fértil, entrar ali e, aos poucos, terminar de modo natural a existência, cumprir com segurança o ciclo vital. Mas o terrível era saber que a realidade estava contra eles. O que tinha sido o processo normal para os antepassados, a tranquilidade de contar que haveria sempre um ventre disponível para fechar a vida, não estava mais em vigor. A tormentosa perspectiva era não alcançar a paz do acolhimento final, era permanecer no desabrigo e na incerteza. O repórter tentava imaginar como seria não acabar nunca e, pior, como seria sentir o pavor de saber disso com antecedência.

• • •

    Juca Barbosa acordou de um pesadelo. Sonhava com ratos mortos, carregados pela chuva. Deitara na velha poltrona com almofadões desbotados que havia na sala e adormecera. De madrugada, decidira que não valia a pena sair da delegacia para ir até sua casa. Em casa, conseguiria estar um par de horas antes de ter que voltar para o trabalho. Se deitasse na velha poltrona da delegacia, poderia, com sorte, dormir mais um pouco.
    Acordou. Olhou o relógio num gesto mecânico: dez e meia. Ergueu-se da poltrona. Juca Barbosa se espreguiçou, depois abriu as janelas. A luz era a de uma aurora ainda não resolvida, a chuva parecia fervilhar quando tocava o chão.
    – Merda.
    O delegado saiu da sala com o pequeno envelope plástico onde guardava a escova de dente e o aparelho de barbear. Não tinha sabão. Na delegacia, arrancava os pelos da barba a seco, com a lâmina cega e água fria. Se a lâmina fosse nova, melhor. Se não...
    – Foda-se – disse Juca Barbosa, que pensava precisamente na possibilidade de a lâmina estar sem brilho para cortar.
    – Delegado, aquela criança da índia está no pátio interno da delegacia.
    – Que criança da índia, porra?
    – O menino, o filho da índia.
    – Está onde?
    – Está lá dentro. Ninguém viu ele entrar. Ele entrou e está abraçado à árvore.
    – Que árvore, porra?
    – A árvore do pátio, delegado.
    – Ele está abraçado à árvore?
    – Está abraçado ao tronco, tem os braços em volta do tronco, eu mesmo fui lá para ver por que ele fazia isso. Perguntei a ele.
    – E ele?
    – Ele não responde. É como se não me ouvisse.
    – Ele não ouve?

– É como se não ouvisse. Eu falo e ele nada de prestar atenção.
– Como foi que chegou até a árvore?
– Ninguém viu ele entrar. Deve ter entrado e ido direto para a árvore. Deve ter abraçado a árvore sem ninguém ver. Quando alguém viu, já estava abraçando a árvore.
– Tira ele de lá.
– Tentamos conversar, mas não quer ouvir e abraça a árvore com muita força.
– Tira ele de lá.
– Pra tirar, vai ter que machucar o garoto. Ele não quer soltar a árvore.
– Porra. – O delegado foi caminhando com pressa pelo corredor que leva ao pátio interno.

Saiu na chuva e chegou até a árvore. O corpo franzino do garoto mostrava os ossos, que espetavam a pele escura das costas.
– Sai daí, moleque – O menino não se mexeu nem pareceu ter ouvido o delegado, que chegou mais perto, pegou o braço do menino e puxou. O braço resistiu ao movimento. – Vamos, cê não pode ficar aqui. – O menino continuava na mesma posição. Juca Barbosa puxou de novo. Sentiu que podia tirá-lo de onde estava, mas teria que fazer mais força. Decidiu-se. Com os dois braços, agarrou a cintura do menino e puxou. Os braços do menino resistiram por um tempo, tentaram evitar a separação da árvore. As mãos se aferravam às saliências do tronco. Mas a força do adulto era superior. O delegado puxou uma última vez, e a criança soltou-se por completo. As pernas e os braços da criança se agitavam no ar. Juca Barbosa entrou na delegacia carregando o menino, percorreu o corredor, saiu da delegacia e deixou a criança na rua.

A criança ficou em pé, os pés mordendo a lama, as mãos escoriadas sangrando sem força. Juca Barbosa voltou para a delegacia.
– Seus merdas – gritou. – Vocês não sabem lidar com uma criança.
– Eu tentei removê-la e não consegui – disse o plantonista.

O carcereiro aquiesceu para mostrar solidariedade com o colega.

– Porra, é só uma criança. E não quero crianças abraçadas a árvores na minha delegacia, não quero nenhuma criança na delegacia, ouviram?

Entenderam o recado, e cada um foi cuidar de seus afazeres.

. . .

– Porra – disse o delegado.
– O prefeito está puto – disse Malô.
– Ele que se foda.
– Mas você não podia ter prendido o garoto.
– Eu expulsei o garoto da minha delegacia. Ele voltou, aí eu resolvi dar um susto nele e botei ele na cela com os homens.
– Estavam todos de porre.
– Só pra assustar o garoto.
– Mas os caras estavam de porre, e o garoto ficou no meio da briga entre eles.
– Porra.
– O prefeito está puto, diz que você é um irresponsável.
– Ele que se foda e que cuide dos seus negócios. Como está o garoto?
– Todo quebrado.
– Todo fodido. Vai se salvar?
– Não vai morrer. Perdeu todos os dentes da frente. Devem ter acertado um soco ou um pontapé. Quase quebram o maxilar do menino.
– Os caras estavam de porre e estavam brigando.
– E o garoto ficou no meio da briga, na cela apertada.
– Fazer o quê?
– Apanhou como gente grande.
– Fazer o quê?
– Baita susto que você deu no menino.
– Fazer o quê?
– Uma delegacia não é lugar pra criança.
– Foi o que eu falei, e, quando voltou, eu disse que ia dar um susto nele. Botei na cela apertada com todos aqueles homens. Coisa de meter medo.
– Você não entrava naquela cela.
– Não sou doido.

– Todos de porre e brigando, arrancando o fígado uns dos outros.
– Já pensou?
– O garoto deve ter tomado um puta susto.
– Bota susto. Aposto como agora não quer nem passar perto de uma delegacia.
– Nunca mais vai querer entrar numa delegacia.
– Aprendeu a lição.
– A lição vai marcar ele pelo resto da vida – disse Malô olhando o copo de burbom pela metade a sua frente.
– Ele ia perder os dentes de qualquer maneira.
– Você não é Deus pra saber essas coisas.
– Aposto como ia perder os dentes.
– Você não sabe o futuro.
– Porra, ia perder os dentes, em briga ou por doença ou naturalmente, antes de entrar no ventre que lhe couber, se é que vai haver um.
– Delegado, o prefeito está puto com vossa senhoria. Chamou você de irresponsável.
– Aposto como você já perdeu uma parte dos dentes – e riu.

. . .

O olhos do assistente de comunicação da Companhia, que pareciam lacrimejar, percorriam as linhas escritas no papel. Acompanhavam uma linha até o fim, voltavam, acompanhavam a linha de baixo, voltavam, acompanhavam mais uma linha, voltavam; terminavam um parágrafo. E então voltavam em saltos, fixavam-se em pontos já lidos, tinham surtos para baixo e para cima, buscavam o sentido que escapava, iam, vinham, juntando pedaços, estabelecendo uma nova ordem. De novo, os olhos se aquietavam. Iam para o outro parágrafo, acompanhavam a linha até o fim e voltavam para acompanhar a linha de baixo.

O repórter juntou as mãos, descansou os polegares sobre o maxilar, deixou que os outros dedos pousassem sobre a testa. Fechou os olhos.

Estava sentado à mesa de trabalho e tinha à frente o vale que entrava inteiro pela janela. Sobre a mesa, a folha de papel permanecia intocada, um pedaço de coisa frágil aninhada há dias em cima dos claros-escuros tormentosos da madeira, dos nós angustiados, da textura selvagem. Os cotovelos se ressentiam com tanta rudeza, e havia que massageá-los com carinho. Fazia frio, o vento vergava o pasto, passava com pressa pelas saliências da cabana e se lamentava ferido. O vale se nublava, as cores se escondiam umas nas outras: ia chover.

O aroma quente de café recém-coado chegava do quarto ao lado. Ele afinou o ouvido, inclinou levemente a cabeça: um desmancho de água, um toque baixo de barro cozido, um silêncio de panos e, logo depois, ela aparecia ao entrar. Ela? Ela, elas...

Durante o dia, a taberna não fechava. Pela manhã, os empregados retiravam as persianas, abriam as portas envidraçadas, e a taberna era o bar do hotel e se prolongava pelo terraço afora, até os limites da rua onde estavam as árvores com sombra durante o dia inteiro. As poucas mesas e cadeiras, velhas, tortas, feitas de metal, estavam postas nesta parte do terraço, rente à rua.

O repórter escrevia, e seus olhos às vezes saíam da folha de papel, se distraíam com o pequeno movimento da rua: carregadores braçais que iam e voltavam. Ugarte vinha subindo a rua e a distância levantou o braço para saudá-lo. Ele lhe devolveu um cumprimento curto com a cabeça e continuou a escrever para terminar o parágrafo antes que o outro chegasse e se sentasse na cadeira ao lado.

– Vejo que terminou um parágrafo.
– Foi a meta estabelecida quando o vi subindo a rua.
– Que tal?
– Por enquanto, estou escrevendo. A coisa vai saindo mais ou menos solta.
– Vai terminar no prazo?
– É o compromisso.
– Quero enviar seu texto com o motor que desce o rio depois de amanhã. A propósito, vi o relatório-reportagem que entregou.
– Viu? Mas nem saiu publicado ainda.

Ugarte piscou o olho:
– Tenho minhas fontes. Achei muito sóbrio, correto, apesar das duas intervenções que inventou para o guia. Passa seriedade empresarial.
– Querem fatos pitorescos.
– Porque eles têm um leitor que busca o lado exótico. Não é nosso caso. Nosso público é outro, são formadores de opinião e, para eles, o texto é perfeito.
– É como estou escrevendo este aqui.
– Informativo e ligeiramente tendencioso.

O repórter jogou o corpo para trás:
– Conte-me algo. Não parece feliz.
– Que acha? Tivemos mais uma ocupação à noite e esta foi de grandes proporções. Vai ser complicado desalojá-los.
– Nada que possa preocupar as forças da ordem, imagino.
– A coisa é séria, muito mais séria do que pensa.

Ugarte fez uma pausa para recalcar o que acabara de dizer. Não parecia contente, por um lado; por outro, mostrava certa conformidade, como se resignado ao inevitável. O repórter provocou:

– Não o vejo preocupado. Apenas, digamos, sem felicidade, que é diferente de infeliz, pode ser?

– Pode ser.

– No entanto, o sentimento deveria ser o de sobressalto, angústia. Ou não? Afinal, houve uma invasão de grande porte.

– Já me acostumei à ideia. Não há esperança alguma: isto aqui está acabado, terminado. No curto prazo, estou fazendo o que se pode fazer e acho que não vamos ter problemas. Vamos conseguir tapar buracos, remediar ou remendar. Então, estou conformado. Temos mais um tempo pela frente, talvez um ano, talvez um pouco mais. Depois, é ir embora, procurar outro lugar ou descansar.

– Vai procurar outro lugar.

Ugarte riu:

– Vou procurar outro lugar. Quer vir comigo?

O repórter sorriu para Ugarte, levantou o braço direito, estendeu o indicador, fechou um olho e dobrou o polegar como se fosse o gatilho de um revólver:

– Vou deixar de me surpreender.

Nesse preciso instante, passava apressada pela calçada, do outro lado da rua, uma mulher com traços orientais. O repórter deixou que seus olhos a surpreendessem na passagem e que depois a contemplassem enquanto subia a rua.

Ugarte percebeu o interesse:

– O nome é Bárbara, uma mulher muito interessante.

O repórter não desviou o olhar:

– Duas ou três vezes a vi na taberna. Estava acompanhada por um homem taciturno.

– O comandante.

– Amigo seu?

– Não creio.

– E ela, é amiga sua?
– Foi minha mulher.

Tarde. O fim da estação quente se aproxima. Em pouco tempo virão as chuvas. Durante todo o dia, bateu um vento forte e seco. As ruas se encheram de terra, e é penoso estar fora. A areia empurrada pelo vento fere a pele exposta, os braços, o rosto. O céu se mantém firme, de um azul sujo ou falso, como se estivesse inquieto ou instável. Há no ar o prenúncio da nova estação, e isso gera apreensões. A cidade está vazia. Muitos foram embora nos últimos navios. A partir de agora, o transporte até Porto Nolasco será feito apenas por embarcações menores.

. . .

— Senhor, tem uma mensagem.

O mensageiro do hotel mostrou a Tadeu o papel dobrado que era um convite para ir à delegacia. Não vinha dentro de nenhum envelope, e isso significava que qualquer pessoa podia tomar conhecimento do conteúdo.

O convite era feito em tom respeitoso, mas carregava a força explícita de uma ameaça. Era para dali a dois dias. Tadeu resolveu adiantar a visita. Saiu do hotel, caminhou até a delegacia, procurando evitar as poças d'água que se acumulavam pelo caminho. A chuva fazia uma pausa.

— Quero falar com o delegado — disse Tadeu ao plantonista e apresentou o papel que havia recebido.

— Não é pra hoje — disse o plantonista e devolveu o documento.

— Pode deixar, eu falo com ele hoje — disse o delegado Juca Barbosa, que saía de sua sala.

Tadeu não cumprimentou o delegado. Seguiu-o.

— Sente-se — disse o delegado.

O outro já tinha puxado a cadeira.

— Fui convidado a comparecer à delegacia.

— Eu mesmo fiz o convite.

Não chovia, e essa ausência incomodava. O silêncio inesperado parecia obrigar a uma urgente manifestação verbal. O delegado remexia alguns papéis sobre a mesa.

— Tem visto Ugarte? — perguntou Tadeu.

— Não, não tenho visto Ugarte. E você?

— Também não.

— Chamei você aqui por causa dele.

— Eu?

— Aquele mestiço deu a entender que talvez você soubesse algo sobre Ugarte.

— Qual mestiço?

— O mestiço que trabalha para ele.

— Aquele mestiço.

– Disse que você esteve na casa de Ugarte.
– Estive na casa de Ugarte.
– Eu sei que você esteve na casa de Ugarte.
– Estive na casa de Ugarte mais de uma vez.
– Mas ele diz que você esteve na casa de Ugarte depois de Ugarte sumir.
– E quando foi que Ugarte sumiu?
– Não sei se sumiu. Pode ser que tenha sumido. O mestiço diz que Ugarte sumiu.
– Pergunte a ele então.
– Porra, ele diz que sumiu.
– Pergunte à mulher dele.
– Vou perguntar à mulher dele, mas queria perguntar antes a você.
– Alguma razão?
– O mestiço diz que você esteve na casa de Ugarte.
– Quando?
– Depois dele sumir. Disse que você esteve na casa e que a mulher de Ugarte disse que você não precisava mais ir embora porque ela tinha matado Ugarte.
– Esse mestiço está de porre.
– Você não esteve na casa de Ugarte depois dele sumir?
– Eu não sei quando foi que Ugarte sumiu, mas não estive na casa de Ugarte nos últimos dias.
– E a mulher de Ugarte não disse a você que você podia ficar, que não precisava ir embora?
– O mestiço está de porre.
– O mestiço diz que você tinha um caso com a mulher de Ugarte.

Tadeu ficou visivelmente perturbado:
– O mestiço está de porre.
– Ele diz que você tinha um caso com a mulher de Ugarte. Disse que tinha ou tem.

Tadeu se recompôs e disse com deboche:
– Pergunte a Maira.

– E se eu perguntar?
– Pergunte.
– Se eu perguntar ela vai dizer?
– Vai ter que perguntar.
– Você não pode dizer? É mais fácil perguntar a você.
Tadeu aquietou-se:
– Que quer saber?
– Se você tem um caso com Maira.
– Agora?
– É, neste momento, agora.
– Não, não tenho mais nenhum caso com a mulher de Ugarte.
– Mas teve no passado.
– O passado é passado.
– Mas teve.
– Você não teve?
– Não interessa e não vem ao caso.
– Olhe, delegado, eu não matei Ugarte. Aliás, nem sei se está morto. E eu tive um caso com Maira, sim.
– Você tem um caso com Maira.
– Ou eu tenho um caso com Maira. Pode ser que você tenha razão, pode ser verdade.
– O mestiço diz que ouviu vocês falarem.
– O mestiço não pode dizer nada. Ele me viu?
– Ele não viu. Diz que ouviu.
– Onde estava ele?
– Na escada que vai dar na varanda. Ele diz que vocês estavam lá.
– Se ele estava na escada, não podia ouvir nada. Conheço a varanda e conheço a escada.

O delegado voltou a mexer nos papéis que tinha sobre a mesa. Depois olhou pela janela.
– A chuva deu uma parada.
– Volta logo.
– Com a chuva parada, seu avião pode chegar.

– Chega nada. Só se a chuva parar por um bom tempo.
– Isto aqui deve ser um inferno para um jornalista como você.
– O inferno é ficar ilhado, mas o lugar tem lá suas atrações. Escrevi muito sobre este lugar. Acabei uma reportagem sobre o pessoal da estrada de ferro.
– Outra?
– Agora é sobre o pessoal que tem que parar a obra na época das chuvas. A ociosidade do exército de homens, a violência que surge dessa ociosidade.
– Temos cinco mortos desde que as chuvas começaram.
– Cinco? Sabia de quatro.
– Hoje de madrugada, um peão jogou uma camioneta sobre um desafeto que atravessava a rua. Passou por cima.
– Estava de porre.
– Não acordou ainda. Está trancado e não deve acordar tão cedo.
– Amanhã ele sai.
– Amanhã o pessoal manda soltar ele. Mão de obra qualificada pode responder ao inquérito em liberdade.
– Onde está escrita essa lei?
– Lei da selva.
– Posso ir?
O delegado se levantou. Disse:
– Pode ir.
Depois acompanhou Tadeu até a porta da delegacia.

. . .

O navio partiu à tarde. Fez um pequeno esforço para sair da baía e deslizou rio abaixo.

O repórter deixou o cais, caminhou por entre os armazéns da Companhia e ganhou a rua que subia na direção do hotel. Fazia calor, o ar pesava e as grandes formações de nuvens se encastelavam ao norte, de onde se preparavam para descer nos primeiros dias do inverno.

Entrou no armazém para comprar uma resma de papel. O armazém era um dos poucos que havia em Porto Amazonas. Vendia de tudo: comestíveis, ferragens e vestuário. O lugar estava sempre abarrotado, com objetos empilhados ou pendurados por toda a parte. Ficava difícil caminhar sem esbarrar em algo, e a circulação tinha que ser feita esgueirando-se e retorcendo o corpo pelos caprichos do caminho. Havia pouca luz, o cheiro ambiente era a soma de muitos perfumes, uma mescla de madeiras, ervas e carnes defumadas, mantidas escondidas do ar livre e temperadas com um manto de umidade.

– Está procurando papel para escrever?

A voz da mulher pegou-o de surpresa no momento em que descobria as resmas de papel, dispostas em desordem numa prateleira dos fundos, atrás de sacos de carvão. O repórter virou-se e reconheceu Bárbara na contraluz. Ela prosseguiu:

– Assustei você?

– Não, não assustou. Apenas não a vi chegar, estava procurando papel, de fato estava procurando papel para escrever.

– Meu nome é Bárbara.

– Pensei que tivesse partido no navio.

– Queria que tivesse partido?

– Não, não disse isso. Pensei que tivesse partido. Muita gente partiu. Dizem que é sempre assim com a aproximação do inverno.

– Muitos vão embora, inconformados com a estação sombria.

– Os que podem sair vão embora.

– De uma maneira ou de outra, todos podem, não acha?
– Nem sempre.
– É uma teoria?
O repórter, fascinado, perguntou:
– Por que seria uma teoria? Não entendo o que quer dizer.
– Desculpe, não quero perturbá-lo.

Bárbara estava numa passagem estreita do armazém e tinha atrás de si a luz da rua que entrava pela porta e que ela cortava. Por isso, ele não conseguia ver todos os detalhes de seu rosto. Ia dizer que não estava perturbado, apenas confundido:
– Estou aturdido.
Ele podia ver que o rosto se abria num sorriso:
– Vai viajar ou vai passar o inverno por aqui?
– Fico.
– É dos que não se importam, então. Com as chuvas, quero dizer.

– Devo escrever – disse, mas isso não tinha nada a ver com a chuva ou com a afirmação anterior de Bárbara: não era resposta, não era parte do diálogo, não contribuía em nada, não era nada, apenas uma afirmação solta e sem importância, que podia ter calado. Ela percebeu:
– Isso não tem a ver com o que estamos dizendo.
– Tem razão. Sabe, vou deixar como está. Quero ver quem percebe.
– Se ficar vai poder assistir ao jogo e, quem sabe, aprender a jogar.
– Que jogo?
– O jogo, com um ganhador e um perdedor.

O repórter ia fazer outra pergunta sobre o jogo e estava tentando formulá-la da melhor maneira possível, mas, pelo que podia perceber do rosto de Bárbara, ela havia perdido todo interesse no diálogo. O rosto se apagava, distraía-se e já se distanciava. Ainda olhou uma vez na direção do repórter, mas foi como se não o visse. Logo depois, ela virou o corpo e foi saindo, se esgueirando contra a luz da tarde.

Ele esperou, paralisado, depois se apressou entre os objetos de todo tipo, empilhados pelo caminho. Quando saiu à rua, viu que Bárbara dobrava a esquina de baixo. Voltou ao armazém, comprou duas resmas de papel e foi caminhando na direção do hotel.

O dia terminava, a rua perdia os carregadores braçais e os mercadores. No terraço do hotel, as mesas e as cadeiras se desocupavam, os empregados levantavam as pesadas venezianas de madeira e, por trás das venezianas, fechavam as janelas. O repórter enterrou as mãos no bolso, chutou uma pedra solta no meio da rua e disse em voz baixa:

– ... queria que tivesse partido?... é uma teoria?

Noite. O navio partiu com carga e passageiros. Começa o êxodo, assim dizem. Os navios saem sem espaço sobrando. Nem todos se alegram na partida: há rostos tristes. Mas são poucos. Os outros fogem. Quem não tinha o que fazer por aqui arrumou o que tinha e foi embora. Ainda veremos muitos partirem até a chegada do inverno. A maioria não volta na primavera: Porto Amazonas acabou. No entanto, muitos virão para uma última cartada com a sorte, disso tenho certeza.

O jogo. Não sabia o que era, ou melhor, fiz uma ideia falsa. O jogo é da parcialidade, não há nada que ensinar. A bola só obedece à magia interna de cada um.

Ela tinha magia.

Eu olhava para ela, para seu rosto, que me desesperava de solidão, e tentava imaginar sua parcialidade, como seriam aquelas terras de onde viera, as terras onde nascera. Ela não sabia dizer ou não lembrava.

. . .

O delegado Juca Barbosa olhava Tenório, que recebia a chuva. O preso estava afundado na lama, metido em água, e só a parte do corpo que ficava acima dos mamilos era visível.

– Você está fodido, velho – disse Juca Barbosa.

O delegado estava encostado num pedaço de parede que dava suporte à porta da cela e que ficava acima da água do poço. Tinha que se esforçar para não escorregar para dentro. As pernas estavam tesas, os pés bem fincados numa saliência do piso. Tenório não respondeu. Não era certo que ele tivesse ouvido. O ruído de água batendo nas paredes e martelando a água era forte.

– Você está fodido, velho – repetiu Juca Barbosa.

– Eu vou morrer.

– Vai morrer mesmo.

– Eu vou morrer – repetiu Tenório.

– Vai morrer, mas podia me contar antes de morrer.

Tenório não fez caso do diálogo que o outro propunha. Estava calado, padecia a força da chuva, sofria a dor do frio, confundia o terror da lama desconhecida que lhe subia dos pés. Juca Barbosa modulou a voz. Queria torná-la sedutora sobre o rumor da chuva:

– Podia me contar quem é o amante de Maira. Mesmo que você não tenha visto ele naquela noite. Digamos que você não tenha visto ele, mas você sabe quem é, você ao menos faz uma ideia de quem seja. Eu preciso saber, velho, preciso que você me conte quem é.

Tenório fez que ouvia o pedido. Levantou o rosto:

– Aquela mulher não presta. Quem se aproxima dela tem um fim medonho. Aquela mulher é a encarnação verdadeira do mal. Ela acabou com Ugarte, ela matou Ugarte. – Repetiu: – Aquela mulher não presta.

– Você vai morrer, velho, vai morrer com toda essa água que mete medo a qualquer um. Vai morrer de forma lenta, e ninguém vai acudir para ajudar você a morrer, velho.

. . .

Estavam numa galeria, a cento e trinta metros de profundidade, a pouco menos de um quilômetro da boca vertical. O veio fora descoberto semanas antes e já produzira resultados excelentes: mais de cinquenta machos e fêmeas, em proporção equilibrada, todos sadios, fortes, bem formados. Com o aprofundamento da galeria, surgiram indicações da existência de outro veio, tão promissor quanto o anterior. Os primeiros exames de sondagem sugeriam um veio protegido por calcita e com muita argila. De saída, colocava-se um problema técnico: a necessidade de escorar toda a área para evitar desmoronamentos. Surgia também uma preocupação: a presença de argila abundante indicava um veio ainda em formação, com fetos não maduros. Havia, é verdade, alguns precedentes de outros com o mesmo teor de argila e calcita que, no entanto, tinham se mostrado plenamente desenvolvidos, mas as evidências apontavam para nascimentos com risco.

Em outras circunstâncias, em outros tempos, o veio teria sido deixado de lado, para sua plena maturação, mas a época era de crise, de escassez, e, apesar das incertezas, resolveu-se tentar chegar a ele e jogar com a sorte.

Ugarte conseguira incluir o repórter como observador na equipe formada. Eram os melhores mineradores especialistas e trabalhavam com cuidado extremo. Os operários cavavam um túnel, ligeiramente inclinado para baixo em relação à galeria em que estavam. Cavavam, escoravam as paredes, a calcita se rompia em pedaços, e a argila escorria com facilidade. A operação tinha começado quatro horas antes. Com o passar do tempo, o avanço se tornava mais lento, o trabalho mais meticuloso. A galeria tinha pouca luz, fazia um calor úmido. A cada dez centímetros, o trabalho de perfuração era interrompido para monitoramento. O ecógrafo produzia as imagens que os mineradores especialistas analisavam. O repórter olhava a tela do monitor, mas o que via apenas lembrava uma forma humana.

– São dois e estão bem juntos.

O trabalho recomeçava. A parede do túnel era lavada, e a pressão da água desmanchava, uma a uma, as camadas de argila à frente, que, vermelho vivo, perdia o viço pouco a pouco. O momento crucial se aproximava, havia tensão em todos os rostos.

Mais dez centímetros e nova interrupção. A argila ganhava uma coloração escura, uma textura gomosa.

– Chegamos – anunciou o especialista.

O repórter aproximou-se o que pôde. O túnel era estreito e baixo. Os mineradores, que até aquele momento removiam e cavavam a terra com a água, retiraram-se para trás. O especialista virou-se para o colega postado a um lado e convidou-o a romper a última parte da parede. O colega recusou a honraria e gesticulou para que ele mesmo continuasse com o trabalho. O especialista pegou a espátula de cobre e com movimentos precisos foi desbastando a camada que os separava do feto: o nascimento estava para acontecer. Com cuidado extremo, a espátula feria a terra e lhe retirava pedaços. Um perfume saturado inundou a galeria.

– Mais luz – pediu o especialista, que seguia trabalhando com a espátula.

Os feixes que saíam das lanternas se chocavam contra a parede lisa e as gotículas de água que brilhavam. O especialista interrompeu os movimentos com a espátula, aproximou-se da parede para ouvir. Tocou-a com a palma da mão, ficou quieto por um instante, concentrado. Depois, deu um passo atrás e todos fixaram o olhar no pedaço de terra imóvel e iluminado. Não acontecia nada. Ninguém se mexia, todos esperavam.

Com um ruído de ruptura profunda, a parede de terra à frente estremeceu uma vez, a partir de um ponto. Foi uma vibração única acompanhada pela repetição do ruído que se ouvira. A terra aquietou-se: o que havia para ver era apenas a parede sólida, que podia ser de pedra, tal era a proposta de perenidade. Nenhum sinal de vida. Mas a terra à frente voltou a se mexer. Foram duas sacudidas. Depois, a terra se acalmou e outra vez tremeu.

Sacudiu-se primeiro e prolongou o movimento. Tremia, e, com a agitação visível, a argila se fissurava e a parede se rompia em pedaços que caíam ao chão. O som de uma respiração ofegante encheu a galeria. Ouviu-se algo que era como um grito abafado.

– Fórceps – gritou o especialista. Meteu as mãos na terra e fez força para puxar: apareceram a cabeça, os ombros e as costas. O feto se debatia, convulsionava e não emitia som. Os olhos, que não podiam ver, abriam-se por instinto. Os braços ficaram livres e se agitavam. O outro especialista aproximou-se, pegou o feto pela cintura, ajudou a puxá-lo para fora. Deitaram-no no chão.

– Pulso irregular, há fibrilação.

Limparam o peito com gaze, removeram a crosta úmida de argila, ligaram eletrodos, deram choques. Mas, aos poucos, os movimentos se tornavam mais convulsivos e ao mesmo tempo mais tênues. A respiração foi se espaçando até desaparecer. Os espasmos que sacudiam o corpo vinham só dos choques elétricos: não havia resposta.

– Perdemos.

O corpo no chão tinha a expressão de quem jamais acordara. O repórter viu os olhos fechados e pensou que, por trás das aparências que permitiam à imaginação confundir a razão, aquele sono não tinha redenção: a vida, ainda imatura, havia sido interrompida.

Era uma mulher.

No limite da galeria, a terra tremeu de novo, e houve um novo ruído de ruptura profunda. Os especialistas desbastaram a terra com pressa. Ouviu-se outra vez um grito, mais agudo que o anterior, mais curto também. A argila desmoronava, os braços dos especialistas se agitavam e se afundavam no barro.

– Vamos puxar – gritou um deles. – Não há tempo a perder.

Com esforço, puxavam e não se via o que puxavam. As mãos estavam enterradas na argila, que era uma lama escura e viscosa.

– Está preso.

Mais um grito, abafado, definhando.

– Vamos perdê-lo.

O repórter não podia fazer nada a não ser olhar e, quem sabe, depois lembrar para contar. Alienou-se, protegido pelos primeiros e remotos mecanismos de salvação. Havia outro feto deitado no piso. Na aparência, era um feto normal, tinha, como a mulher recém-nascida, seu metro e meio de comprimento e devia pesar bem uns cinquenta quilos. Tinha um rosto espantado, os olhos abertos e vazios, e faltavam-lhe braços e pernas. Tadeu ouviu o que os especialistas falavam entre si. Diziam que os prognósticos pessimistas se confirmavam e que o veio não estava maduro. Depois, os especialistas instruíram os operários sobre a melhor maneira de fechar a galeria e foram embora. Os operários repuseram a terra, deixaram para trás as proteções colocadas para evitar desmoronamento e também saíram. O repórter saiu por último. Enquanto se afastava, virou-se e só viu escuridão.

• • •

O terraço do hotel estava vazio àquela hora. Um vento morno vinha do norte, à diferença das brisas do verão, que chegavam do sul. O céu parecia baixo. Os mercadores e os carregadores braçais subiam e desciam a rua apertando o passo. Todos pareciam irremediavelmente atrasados para a chegada da nova estação. Ugarte vinha subindo a rua e acenou de longe. O repórter devolveu-lhe a saudação.

– Estou indo embora no navio que sai à tarde. – Ugarte atravessava a rua para chegar ao terraço.

– Boa viagem – gritou-lhe o repórter.

Ugarte aproximou-se, subiu o lance de escadas, dois degraus que separavam a rua do terraço, e se jogou sobre uma cadeira ao lado do repórter.

– Estou exausto. Não sabe o que é convencer esta gente.

– Você os convence, você os convence.

– Sim, eu os convenço, porque eles querem se convencer em primeiro lugar. Eles querem acreditar, então fica mais fácil. Mesmo assim, está o ritual, a cerimônia de convencimento. É para matar.

– Algum problema?

– Os de sempre: veios que não estão maduros, terras com grande potencial, mas que estão sendo invadidas, e a ameaça permanente de que a estrada de ferro vai ser abandonada e que a Companhia vai cair fora.

– Apenas o dia a dia, então.

– O dia a dia de sempre.

– Me fale do comandante.

– É um homem taciturno e não é meu amigo.

– Conhecido seu?

– Quase sócios.

– Quem é ele?

– Tenho que responder?

– É do nosso acordo: eu faço propaganda positiva do seu projeto, você me ajuda a entender o que acontece.

– Foi um pioneiro. Foi ele quem descobriu a riqueza dos veios da região.
– O pai da estrada de ferro.
Ugarte se exaltou e bateu no peito:
– Eu sou o pai. Ele descobriu o potencial, mas eu descobri o negócio. Eu convenci a Companhia, eu os trouxe e mostrei que o projeto não só era viável como também valia a pena. O comandante é um explorador, tem o faro do explorador, conhece as terras, sabe onde procurar, mas não tem a capacidade de levar adiante um empreendimento, com todas as implicações e facetas.
– Foram quase sócios, disse?
Ugarte estava desconfortável:
– Eu o queria como sócio. Ele tinha um grande conhecimento da terra, e eu precisava dessas informações. Propus-lhe sociedade. A coisa não andou: temperamentos diferentes, enfoques diferentes, propostas diferentes.
– Parece um homem difícil.
– Cheio de conflitos, sempre tenso, muito amargurado.
– Solitário?
– Nunca o vi com alguém, com alguém que eu soubesse que tinha escolhido.
– Como assim?
– Eu lhe arrumava companhia. Era um homem que vivia para o trabalho, subindo e descendo o rio, buscando terras férteis e transportando a carga preciosa de recém-nascidos.
– O que houve?
– Um dia, de repente, mudou. Parou de explorar e passou a transportar apenas o que os outros descobriam. Dizia que não queria se responsabilizar pela catástrofe, que estávamos esgotando a terra e que estávamos criando desertos.
– Deve ter se oposto ao cerco das terras também.
– Claro, oposição tácita. Tivemos grandes discussões a respeito, brigas, trocamos sopapos. Mesmo assim, fui defendê-lo quando as autoridades pretenderam expulsá-lo.
– Por quê?

– Não sei.
– Parece ter alguma simpatia pelo comandante.
– Tentei fazer dele um homem moderno, ajudei-o, facilitei-lhe a vida em várias oportunidades.

Ao longe, a massa escura de nuvens se avolumava. A concentração aumentava. Em pouco tempo, elas iniciariam a viagem, chegariam e dariam começo à temporada das chuvas. O repórter disse de forma casual:

– Assisti a um nascimento de risco.

O outro cortou-o, brusco:

– Não me fale nem mencione isso em qualquer artigo que escrever para mim.

– Anotado nos meus cadernos, para uso pessoal.

Ugarte não prestou atenção, endireitou-se na cadeira e mudou de assunto:

– Preciso levar algum material. O que tem pronto?

– Terminei um artigo sobre eficiência e modernidade.

– O que eu quero saber é se defende a nossa causa. Fala bem do projeto?

– Mostra como o mundo moderno está atrelado à noção de eficiência.

– Hoje, quem não for eficiente desaparece.

– Por dia, desaparecem várias espécies, é o que dizem.

– Porque, de alguma maneira, não são eficientes.

– É o que procuro mostrar, para sua felicidade, Ugarte.

Ugarte sorriu:

– Não me diga que não acredita nisso.

O repórter estava sem pressa e com o texto de Ugarte pronto. Resolveu provocar:

– Tenho medo da eficiência levada ao paroxismo.

– Quanto mais eficiente, melhor.

– O pensamento eficiente, em sua forma exaltada, combate o erro e procura a repetição como ideal. A imaginação se alimenta do erro e se diverte na diversão.

Ugarte cortou:

– Divirjo.
O repórter se encantou:
– Repita.
– Não concordo, a eficiência busca diminuir custos e aumentar a produção.
O repórter fez um ar desolado:
– Pensei que fosse divergir e dissentir só para divertir.
– Estou indo embora no navio que sai à tarde – disse Ugarte, sem demonstrar por um gesto que fosse haver percebido a brincadeira de Tadeu com as palavras.
– Bons ventos o levem.
– Me fale do texto.
– Não se preocupe. Digo que a estrada de ferro é uma realidade, que a obra enfrenta incompreensões próprias de uma obra pioneira e que a história lhe fará justiça.
– Ótimo, ótimo, e seu último artigo também foi excelente. Estamos fazendo um belo trabalho, um belíssimo trabalho. Quero que continue assim. Durante o inverno, as notícias escasseiam e isso é péssimo para a imagem do negócio.
– Eu sei.
– Vai escrever todas as semanas?
– Uma vez por semana.
Ugarte sorriu em sinal de aprovação.
– Fazemos uma bela parceria, nós dois.
O repórter devolveu-lhe o sorriso:
– Quando ler meu livro, vai pensar em traição.
– Trabalha nele?
– Todos os dias, mesmo que não escreva todos os dias.
– E conta o que está acontecendo por aqui?
– Um livro sempre conta, de uma maneira ou outra, o que acontece.
– Eu estou no livro?
– Você, o comandante, eu mesmo.
– Acha que vou me reconhecer?
– Se prestar atenção.

Ugarte levantou um dos braços, deixou-o solto no ar por um instante, e em seguida deixou-o cair. Inclinou a cabeça para um lado e disse:

– Não quero ofendê-lo, mas ninguém lê livros.

Olhava a rua e descobria os trabalhadores braçais e os mercadores, que se apressavam, incansáveis, atrás de autorizações e de renovações. Os mercadores iam metidos em túnicas de impecável linho branco, diferentes das túnicas esfarrapadas que portavam os carregadores, para cima e para baixo, do almoxarifado à controladoria e de lá de volta ao almoxarifado. Distraía-se com o movimento da rua e com a intensa atividade que imaginava nos grandes armazéns. Perguntou:

– Como está Bárbara?

O repórter também tinha o olhar nos acontecimentos que se renovavam na rua:

– Ugarte, você é um canalha.

. . .

O delegado Juca Barbosa saltou do velho jipe Willis. Podia ter vindo a pé. Fazia bem duas horas que não chovia. As poças d'água se isolavam umas das outras no chão barrento. Com algum cuidado e com frequentes desvios de percurso, era possível caminhar sem enlamear totalmente o calçado.

Tocou a campainha e esperou. O rumor do rio chegava do fundo do barranco que começava a metros da casa, um ser domado pela distância.

O delegado esperou. Ninguém apareceu. Girou a maçaneta e empurrou o portão, repetindo o gesto silencioso que fizera tantas vezes.

Entrou no jardim, passou pelo tanque de águas escuras, onde, no verão, se miravam as ninfeias recém-saídas ao dia, caminhou pela grama encharcada de água, pisando com cuidado e sentindo o mundo escorregar ao longo da sola.

Chegou ao pé da escada que leva à varanda. Deteve-se. Olhou os degraus da escada estreita. Subiu e sentia que a madeira chiava em reclamos quase que adivinhados pelo ouvido. Da varanda, viu que o rio parecia não se mover. Dava a impressão de uma língua brilhosa.

– Ia abrir a porta – disse Maira.

Juca Barbosa virou-se:

– Toquei a campainha. Entrei, porque ninguém atendeu.

Maira tinha posto um vestido simples de linho branco, sem nenhuma cintura. Passou ao lado dele com os cabelos molhados e foi sentar numa espreguiçadeira de vime, na outra extremidade da varanda. Ele acompanhou o caminhar da mulher. Observou, em silêncio, o caminhar descalço. Olhou Maira sentar, inclinar o corpo ligeiramente para trás, cruzar as pernas e prender o joelho nas mãos entrelaçadas, como se fossem uma concha.

– Que quer? – disse Maira.

Ele bateu o maço contra o canto da mão semifechada e retirou o cigarro que se soltara do conjunto. Guardou o maço

no bolso, levou o cigarro à boca. Buscou os fósforos. Riscou um deles, aproximou a chama. Aspirou com profundidade e prazer, antes de se dirigir a ela:
– É o mestiço.
– O empregado de Ugarte.
– Tenório, o empregado de vocês.
– Você não veio até aqui para falar do mestiço.
– É um ser humano.
– É um velho safado.
– Você deve muito a ele.
– Eu cuido das minhas contas.
– Ele trouxe você a tudo isto. – Fez um gesto com os braços para incluir o terraço, o jardim, a casa, o rio e a floresta que havia além do rio.
Maira não desviou os olhos para seguir o gesto que ele fazia. Perguntou:
– Que tem o mestiço?
– Está mal, está muito fraco. O médico diz que deve estar com pneumonia.
– Você prendeu ele.
– Prendi e ele não colaborou.
Maira soltou uma gargalhada, tão inesperada quanto nervosa:
– Não contou o que você queria ouvir.
– O mestiço é um mentiroso.
– Ele é mentiroso?
– Diz que você anda trepando com aquele jornalista.
– Perdeu o medo de Ugarte, delegado?
Foi a vez de Juca Barbosa silenciar e remoer nas tripas o ódio que o deixava quieto. Com visível esforço conseguiu articular:
– Onde está Ugarte?
– Você ainda não sabe onde ele está, delegado, mas já perdeu o medo de Ugarte.
Maira continuava sentada, o joelho direito escondido nas mãos. Sorria.

– Onde está ele? – jogou Juca Barbosa.
– Talvez esteja na fazenda.
– Vou prender o jornalista.
– Eu sei, e vai querer me prender também.
– Vou prender o jornalista.
– Você não quer subir, não quer ver quem está na cama de Ugarte? Quem sabe não é o jornalista? Quem sabe não é Ugarte? Tem um homem na cama de Ugarte. Vai lá, delegado, sobe lá e vai ver quem é.
– Vocês mataram Ugarte.
– Sobe lá no quarto e acaba com essa dúvida que está minando você. Vai lá ver quem é que mete em mim.
– E se eu for ver, se eu subir essa escada e for ver e encontrar a cama vazia?
– Há um homem no andar de cima.
– Você não presta.
– Vai lá ver quem é que mete em mim.
– Você não presta.
– Antes prestava, agora não presto.
– Maira – disse Juca Barbosa, e era um lamento.
  Ela olhava para o delegado, sorria, com deboche. Mexia os dedos dos pés e pedia, pelo gesto, que o delegado abaixasse os olhos e ficasse a contemplar o movimento que era capaz de subjugar qualquer autonomia ou toda vontade.
  Ele levou o cigarro aos lábios e largou-o entre os dentes. Caminhou até a escada, que o levaria para fora da varanda e o levaria ao jardim e à rua, onde a chuva recomeçava a cair, e as poças isoladas no barro rompiam a ilusão de quietude e pareciam querer montar uma continuidade do rio no caminho de terra, como uma única extensão de água. Talvez fosse. Ali, talvez fosse.

• • •

Noite. Ugarte inventou as cercas. Primeiro cercou as terras que estavam mais próximas de Porto Amazonas, as terras onde mais se trabalhava. A ideia era cercar todas as terras, mas isso era impossível, porque o território é imenso. As invasões se multiplicavam.

Tarde. Caso Aurora: estavam trabalhando num veio muito produtivo e chegaram a cento e dez metros de profundidade. Vieram pedir autorização para ir além dos cento e dez metros. Ela foi dada, porque o retrospecto daquele veio era favorável. Toda escavação ou lavagem artificial de profundidade, a partir de cem metros, necessitava de decisão especial, com o timbre da autoridade competente. Cavaram com água e não encontraram nada. Iam desistir do veio quando receberam sinais de grande atividade. Continuaram a cavar, e aconteceu o pior: encontraram uma mulher. Sabiam que estaria fraca, que seria prematura, mas não esperavam que ela não estivesse totalmente formada. Suas partes isoladas viviam. No rosto, os olhos se moviam, a boca se mexia, mas não havia expressão. A mulher não tinha vida. Ela se desfez. E porque era noite ainda, algumas horas antes do amanhecer, e porque tinha sido uma possibilidade ou esperança, deram a ela o nome de Aurora. A ela e às partes que voltaram a ser pó na presença de todos. Se houve um começo do fim, foi este.

Noite. Encontrei-a preocupada. Estava deitada. Deitei-me a seu lado. Chovia muito. Ainda não eram as chuvas do inverno. Essas eram intensas, mas duravam pouco.
Ela perguntou:
– O que vai acontecer? – Eu não sabia do que ela falava. – Estou falando do ataque. Cortaram a cerca.
– Pelo que sei, não foi grave.
– Quem é essa gente?

– Nômades de várias parcialidades. Chegam à procura de terra, atraídos por todo este movimento aqui. São imigrantes.
– É uma teoria.
Achei graça:
– Não, não é uma teoria. Por que seria?
Ela estava séria e queria que eu a ouvisse com seriedade. Reclamou sem levantar a voz:
– Porque sim, é uma teoria. As pessoas não saem de suas terras, porque são atraídas por este movimento aqui. As pessoas não abandonam sem mais o que lhes pertence, por uma aventura. Elas estão vindo, porque suas terras não valem nada, estão vazias.

Percebi que estava zangada, tentei acalmá-la, mas ela não me ouviu e foi falando:
– Você acha graça do que digo, e eu não sou uma pessoa engraçada nem digo coisas engraçadas e não sei do que você acha graça. Tenho muito medo e tenho muito medo dessas teorias todas que nunca entendo, porque são invenções puras. Quem é essa gente do outro lado das cercas?
– Já disse.
– Estive no médico. Sou estéril, sou prematura. Segundo o médico, devo ter nascido abaixo da cota de oitenta metros e tenho muitos defeitos de formação, além da esterilidade, talvez mesmo deficiência mental, mas o médico não tem certeza, porque não conhece a fundo as características da minha parcialidade e não sabe se sou um pouquinho idiota por ter nascido antes do tempo ou se sou um pouco idiota, porque todo o meu povo sempre foi um pouquinho idiota. E meu coração também tem problemas, e tenho muito medo, porque sou prematura, porque sou estéril e por isso eu perguntava no começo o que pode acontecer comigo, com você, com toda aquela gente miserável do outro lado das cercas. Como vamos acabar?

Eu não tinha respostas. Ela ficou calada, depois adormeceu. O ruído da chuva diminuía.

• • •

A estrada de ferro que passa por Moires tinha recebido o qualificativo de "paralela burra". A designação era de um diplomata que via nos trilhos, colocados com muito sofrimento, a repetição da via natural que era o rio. A estrada de ferro partia do litoral e chegava aos contrafortes da cordilheira. Pois o rio fazia o mesmo caminho, mas com vontade inversa: partia das cordilheiras e ia desaguar no mar. Em alguns trechos do percurso, a estrada de ferro seguia seu caminho à vista do rio. Em outros pontos, a estrada atravessava o rio em pontes impressionantes. Às vezes e durante um bom pedaço, as duas vias, o rio e a estrada de ferro, separavam-se. Cada um seguia seu destino e pareciam ter combinado não mais se encontrar. Era fabulação. Os caminhos voltavam a se ver, tornavam a se apertar, um contra o outro, e davam a impressão de terem sido traçados um para o outro, numa aproximação que gerava a suspeita de um fim comum ou, como dissera o diplomata, de um paralelismo burro. No caso, burros eram os trilhos, que tinham chegado depois, muito depois, quando as águas não só já mostravam o caminho como de fato uniam os pontos extremos que a estrada de ferro pretendia inventar.

    Mas a obra era necessária. Diziam que encurtava o tempo. Diziam que criava progresso nos pontos entre as extremidades. Diziam que era a vontade do homem sobre o meio hostil. Com tantas razões, não havia mesmo como resistir. A obra foi projetada, foi licitada e se fazia com o concurso das principais empreiteiras do país.

    A chuva atrapalhava, claro. Mas que fazer? Era resistir às águas, esperar que parassem e voltar ao trabalho de abrir caminho. A obra tinha prazo para acabar e se dizia que já havia autoridades convidadas para a inauguração. O Hotel Colonial teria que receber melhorias urgentes.

. . .

O repórter chegou ao acampamento e foi levado para falar com o encarregado.

– Vai nos acompanhar? – perguntou o encarregado.

– Quero acompanhar vocês.

Uma fogueira que queimava a última parte de um tronco clareava sem forças a entrada do acampamento.

O encarregado era um homem jovem.

– Meu nome é Mateus – apresentou-se.

O repórter apertou a mão que ele estendia.

Era madrugada. Apesar da escuridão, o repórter percebia o movimento intenso que ocorria no acampamento. Vultos se mexiam, alguns passavam por ele, vozes murmuravam. Ordens eram dadas em voz reprimida e baixa.

Os toldos imitavam um céu fragmentado, que se repetia, aqui e ali, e representava uma esperança sempre maltratada e contrariada. De repente, formou-se um grupo numeroso de pessoas ao redor de Mateus.

– A surpresa é a nossa grande aliada. – A voz de Mateus não se alterava e alcançava a todos. – Vamos chegar antes de o dia clarear. O ponto escolhido para o desembarque estará vazio. Os olheiros informam que não há ninguém guardando as cercas. Quando ouvirem a ordem de desembarcar, todos descem dos carros. Em silêncio, chegam até as cercas. Sem correria e sem atropelos. O pessoal da vanguarda corta os arames. Eles sabem fazer isso rapidamente. Só depois é que o resto entra. Quando o arame estiver cortado, todos correm para dentro da terra. Corram abaixados. Vamos manter o grupo unido.

– E se os guardas estiverem esperando? – perguntou uma voz.

– Se houver repressão logo de saída, ninguém invade. Só invadimos a terra se pudermos cortar as cercas e entrar. Se não der para entrar, não entramos. Fiquem em cima das carrocerias. Esperem as indicações, minhas e dos companheiros. Não tentem nada sozinhos, por conta própria. Que cada um cuide de si e que cada um pense em todos.

O motor de um veículo tossiu.

– Você vai no segundo veículo – disse uma voz dirigindo-se ao repórter.

– Quero ir no primeiro.

– É perigoso.

– Quero estar no primeiro – insistiu.

– Faça como quiser.

O repórter dirigiu-se ao veículo que estava na frente. Subiu na boleia da camioneta. Atrás dele subiram homens e mulheres. Levavam paus, alguns empunhavam foices, e as lâminas eram mantidas para baixo, com zelo. Todos se comprimiam sobre o pequeno retângulo de metal e madeira que era a base da carroceria.

A camioneta deu um tranco e se pôs em movimento. Os passageiros da carroceria se ajudaram mutuamente e ninguém perdeu o equilíbrio a ponto de cair. A caravana era composta por cinco veículos, e o ronco de cada motor suplicava auxílio ao motor seguinte.

Os veículos eram velhas camionetas de proprietários diferentes, vindos de diferentes acampamentos. Quando se preparava uma invasão de terra, recrutavam-se os veículos necessários para levar os invasores.

A viagem era pelas trilhas abertas no campo. Evitava-se ao máximo as estradas conhecidas, onde as patrulhas espreitavam. O trajeto era feito no escuro, e os motoristas guiavam com cuidado, procurando lembrar cada palmo do terreno que tinham à frente. Os solavancos constantes se multiplicavam. A embreagem era solicitada a toda hora, os rolamentos que funcionavam fechados reclamavam com ruído de dentes de ferro que batessem e mordessem com força o mesmo metal. O motor pedia tempo, mostrava um esforço que era superior ao que podia dar, estava a ponto de quebrar, ganhava fôlego, e a camioneta avançava. Passava por um pedaço de tronco ou pedra no chão, ganhava impulso numa depressão na terra, vencia uma subida pressentida na noite.

Os homens e mulheres se agarravam, buscavam não cair de cima da carroceria, flexionavam as pernas, retesavam os braços, crispavam as mãos, às vezes entrelaçavam os dedos com dor. Apertavam os dedos do companheiro ao lado, ninguém caía e a viagem continuava.

    O repórter registrava o que via: quem são estes homens, estas mulheres? Os invasores chegam para ocupar fisicamente a terra. Chegam para pisar a superfície da terra. Em pouco tempo, depois de vencerem as cercas, surgirá o formigueiro humano. Cada um terá seu pedaço para cavar. Com picaretas, com pás, com as mãos, com qualquer objeto que possa remover a terra, todos cavam.

    Em horas mais, a fisionomia daqueles baixios e as ondulações previsíveis da paisagem coberta pela vegetação vão desaparecer. Surgirão terraços irregulares, galerias labirínticas, cavas profundas. Apoiados nas paredes de terra, as escadas, as rampas e os pedaços de qualquer tábua são o complemento indispensável que permite a passagem, como se fossem pontes, vias suspensas, para chegar de uma galeria a outra.

    Nada é muito seguro. Um ou outro entendido arrisca um conselho. Diz onde lhe parece melhor cavar, mostra o perigo de cavar rápido e o perigo de levantar paredes altas. Nem todos ouvem essas vozes ajuizadas ou experientes. As paredes de talco xisto e de filito sericítico às vezes desmoronam e sepultam os que permanecem no fundo.

    As escavações vão em ritmo acelerado. Os mais afoitos e os que conhecem melhor o terreno não descansam. Cavam, afundam. Do fundo, alçam baldes, cuias e caixotes de terra para fora da galeria. Retiram a terra, deixam-na cair, criam sem querer as cortinas de pó que qualquer brisa levanta e faz rodopiar.

    Homens e mulheres sobem pelas escadas enjambradas, equilibram-se sobre as tábuas empinadas e caminham com cuidado pelo ombro de uma galeria. Vão e vêm nesse trabalho, os corpos avermelhados pela poeira e pela terra, a poeira tornada barro pelo suor, o suor molhando a trilha e formando pequenos filetes de água no chão com a passagem de tantos.

Os que chegam buscam deitar raízes na terra, de onde pretendem retirar os frutos que ainda não são visíveis. Os frutos da terra são obra do tempo.

Mateus tem uma visão muito precisa do que acontece. Explica ao repórter:

– As gerações que dão sentido à história desta gente estão em gestação.

Só que a terra gera seus filhos com naturalidade, com trabalho, aos poucos, sem atropelo, sem aceleração de ritmo, sem levar em conta necessidades alheias.

Mateus diz que a humanidade se faz na terra. Os que agora a invadem estão buscando refazer o elo rompido e silenciar o descompasso atual entre os interesses do negócio da estrada de ferro e a prioridade natural de homens e mulheres. Todos precisam de ventres férteis para um dia terminar o ciclo invertido da vida, aquele que leva o indivíduo a ir, com o tempo, diminuindo de tamanho. Ocorre que os ventres férteis são o produto natural da terra e da fecundação e, para haver fecundação, é necessário que homens e mulheres nasçam completos e sadios da terra, no ritmo da terra. Somente dessa forma se dá continuidade ao que foi iniciado desde o começo dos tempos. As necessidades da estrada de ferro obrigam a revolver o mais fundo com o fim de aumentar o número de pessoas. Mas esse aumento traz uma vantagem enganosa:

– A terra mal trabalhada, a terra maltratada, a terra mal explorada, a terra mal aguardada, gera seres incompletos, mulheres com ventres inadequados para absorver aqueles que estão na idade de acabar o ciclo da vida. A terra que não se respeita gera o deserto.

Noite. Estou só. Fiquei até tarde na taberna. Os de sempre. Há rumores de toda ordem, para todos os gostos. Há apreensão. Ocorreram novas invasões. A situação é delicada, e é difícil viver assim. É quase impossível escrever assim. A tensão é permanente. Não é a tensão, no entanto, que torna difícil o escrever. É o peso de produzir os artigos de Ugarte. Enquanto escrevo os artigos, o tempo mal dá para anotações isoladas sobre a realidade e diálogos com as paredes. Amanhã há um motor para Nolasco. Tenho que terminar pelo menos uma página.

Ela não veio.

O comandante não esperou que o empregado viesse a ele: levantou-se, caminhou até o bar e pediu que lhe servisse outro copo de gim-tônica. O homem do bar voltou-se para olhar na direção do relógio de parede e disse:

– Um homem à frente do tempo.

O comandante não sorriu. Ele sorria raramente.

– Deixe de histórias e encha o copo antes que seja tarde.

O homem do bar abriu um sorriso:

– Pela causa, comandante.

O comandante levantou os olhos:

– Pela casa?

O homem do bar assentiu com a cabeça, aceitando o trocadilho. Pegou um copo alto de cristal, despejou duas rodelas finas de limão que já estavam cortadas, pegou a garrafa de gim, serviu o copo e disse prolongando as sílabas:

– Pela causa.

O copo estava com gim pela metade. O homem do bar pousou a garrafa, pegou duas pedras de gelo e colocou-as dentro do copo. Esperou que elas se assentassem no fundo, voltou a pegar a garrafa e, enquanto servia, foi dizendo agora cortante, sem prolongar nenhum som:

– Pela casa.

– A causa é nobre, a casa é nobre.

O homem do bar curvou a cabeça em sinal de respeito. O comandante pegou o copo e foi até a mesa. Bárbara, que estava ao lado de Ugarte, perguntou:

– Posso perguntar?

Ugarte sorriu:

– Pergunte o que você quiser.

Bárbara pousou as mãos entrelaçadas sobre o colo e disse:
– Comandante, como é a vida de um homem a bordo?
– Trabalhosa, sacrificada, solitária.
– Não sei como é a vida de um homem a bordo.
Ugarte ajudou:
– Descendo ou subindo o rio, há que vigiar o curso para não sair do canal de navegação. Vigília permanente, durante o dia e durante a noite. Atenção constante, dedicação total. O prêmio é chegar. Depois, recomeçar, sempre recomeçar. Não é assim, comandante?
Ele fez que sim. Bárbara perguntou:
– Não tem uma mulher?
Ele disse que não.

Faltavam minutos para as dez horas, e o comandante levantou e foi até o bar. O homem do bar viu que ele se aproximava e foi preparando a saudação:
– Uma casa nobre para uma causa nobre.
O comandante não sorriu. Pousou o copo vazio:
– Deixe de histórias e encha o copo antes que seja tarde.
O homem do bar pegou a garrafa que estava atrás, numa estante de cristal. Despejou o gim no copo. O comandante pegou duas rodelas de limão que estavam cortadas e aguardavam num prato, agarrou três pedras de gelo e voltou para a mesa no fundo da taberna. Ugarte perguntou:
– Não tem mulher? Mesmo?
O outro fez que não com a cabeça. Ugarte acomodou-se na cadeira:
– Vamos voltar ao assunto mais tarde. Agora me diga: o que foi que houve, perderam o rumo?
O comandante bebeu um gole, fez um gesto com a boca e respondeu:
– O meu imediato estava na ponte, o rio estava muito baixo, e saímos do canal.
– Chegaram a encalhar?

– Não, o banco de areia era pequeno.
Ugarte aproximou-se do comandante e disse em voz baixa:
– Tem que ter cuidado. Se a Companhia tomar conhecimento, termina o contrato.
O comandante abaixou a cabeça e resmungou:
– O imediato foi posto a ferros.
– E ele?
– Tentou se justificar.
Ugarte puxou o lenço do bolso e passou-o sobre o rosto suado:
– Nenhuma desculpa, nenhuma desculpa, não pode haver desculpas.
O comandante levantou o copo para mais um gole, deixou a borda à altura dos lábios. Disse, sentindo o ar de suas palavras vibrarem no anel de vidro:
– Subi o rio até as corredeiras, terra preta, as mais ricas que já vi.
Ugarte espantou-se. Mal pôde balbuciar:
– Tem certeza?
O comandante encostou o copo nos lábios, sacudiu a cabeça em sinal de afirmação. Ugarte bateu na mesa com a palma da mão esquerda:
– É a reserva que estávamos esperando.
O outro concordou:
– É a reserva da salvação.
– Quem mais sabe?
– Ninguém.
– Deixe-me cuidar de tudo.
O comandante bebeu dois goles de gim:
– Ugarte, quem sabe não é minha oportunidade?
– É nossa oportunidade, comandante.
– Por nossa oportunidade, então – disse e bebeu mais um gole.

O comandante levantou da mesa no fundo da taberna e foi até o bar. Pousou o copo, olhou para o relógio e pediu:

– Encha, antes que essa maldita sirene toque.

O homem do bar sorriu:

– Comandante, eu jamais ouviria o toque de recolher antes de verificar seu copo.

O outro nem sorriu e bateu com o copo na madeira:

– Deixe de histórias e faça seu trabalho.

O homem do bar não apagou o sorriso. Serviu o comandante e viu-o afastar-se, protegendo o copo com as duas mãos.

O som da sirene anunciava o toque de recolher. Os empregados começaram a arrumar o que era possível arrumar e pouco a pouco foram desaparecendo. O repórter virou-se para a mulher que estava a seu lado e perguntou:

– Tem alguma ideia?

– Nenhuma, mas repare naquele casal. – Referia-se ao comandante e à mulher que estava com ele. – É uma maneira de continuar.

O repórter impacientou-se:

– Quero sua contribuição, não uma indicação qualquer.

– Está impaciente, mas não tenho culpa, e a indicação é uma indicação à altura do momento.

– Quer reconsiderar ou é definitivo?

A mulher levantou e disse antes de se afastar:

– Tão definitivo que vou me deitar.

O repórter olhou em volta. Nada o interessava. Voltou a concentrar-se no comandante e na mulher a seu lado. Era um homem taciturno, que não sorria nunca e falava pouco. O repórter aproximou-se:

– Posso sentar? – O repórter insistiu: – Sentar é uma licença semântica, queria dizer se podíamos conversar.

Ela estava distante e não tomara conhecimento da presença do repórter. O comandante disse:

– Sente se quiser sentar.

– Posso?

– As cadeiras são de propriedade do hotel, e não cabe a mim designar-lhes um eventual ocupante. Não trabalho para o hotel.

– Aos diabos com as cadeiras. Vamos conversar?

O comandante foi brusco:

– Por que quer conversar?

– Estou sem ideias.

– E quer que eu o salve, quer contar histórias e incluir-me nelas. Está no hotel?

– Estou hospedado no hotel.

– Então suba, vá se deitar e me deixe em paz.

• • •

– O mestiço não está nada bem – disse Malô para o delegado.
– Que se foda o mestiço.
– Ele está fodido mesmo.
– Vou prender Tadeu.
– Vai prender Tadeu?
– Ele e a mulher mataram Ugarte.
Malô riu:
– Você não pode estar falando sério, homem.
– Estou falando sério.
O médico despejou burbom no copo de plástico.
– Guardo uma pequena garrafa aqui no hospital para este horário da meia manhã. Se fosse você, não fazia isso.
– Vou prender.
– Tá bom. Vai prender e vai ter que soltar.
O rosto macilento do delegado mostrava cansaço.
– Vou cumprir a lei – disse.
– Aquela mulher está deixando você sem juízo.
– Maira. – Acendeu um cigarro. – Mas vou prender Tadeu.
– Vai nada.
– Será que o mestiço ainda está vivo?
– É possível, mas deve estar inconsciente.
– Ele estava delirando.
– Ou está delirando. Você quer uma confissão dele, não quer?
– Eu quero a verdade.
– Ele não sabe a verdade.
– Sabe sim, mas não quer contar.
– Porra, se soubesse já tinha contado, depois de tanto...
– Malô buscava a palavra exata, mas, pela expressão, não ficou satisfeito com o achado: – ... tormento.
– É tortura mesmo, pode falar, é tortura mesmo, pode dizer – desafiou Juca Barbosa.

– Depois de tanto sofrimento – emendou Malô e não mostrava se importar com Juca Barbosa.
– É tortura, pode falar.
– Se soubesse, delegado, ele já tinha contado tudo.
– Vai morrer e não vai contar.
– Vai morrer mesmo e não vai contar, estou de acordo.
– Ele é muito ligado a Maira, sempre foi.
– Era ligado. Agora Maira pertence a Ugarte.
– Esse tipo de ligação não se desfaz assim, isso não morre assim.
– Maira é de Ugarte.
– Ele tem que saber quem trepa com ela, ele tem que saber.
– E se soubesse?
– Eu prendia o filho da puta. O amante de Maira é o assassino de Ugarte.
Malô bebeu um gole.
– Você está apaixonado, ainda está apaixonado. Aquela mulher enlouquece você, delegado. O que você tem que procurar saber é se Ugarte está morto.
– Está morto.
– Está convencido?
– Cada dia que passa me convenço mais.
– E quem matou?
– Ainda não sei. Deve ter sido ele, estou quase convencido.
– Um dia vai se convencer totalmente.
– E daí?
– E daí, nada.
– O culpado eu sei quem é. Só tenho que saber quem está trepando com aquela mulher. Esse é o culpado.
Anita entrou na sala sem bater à porta.
– Aquela criança, o filho da índia, está muito machucado.
– Que foi?
– Apanhou pra valer.
– Fazer o quê? – perguntou o delegado.

– Fazer o quê? – Bebeu mais um gole e não fez menção de pegar de novo a garrafa. – Qual é o estado dele?
– Não sei. Está com o rosto muito inchado. Pode ser o maxilar quebrado – respondeu a enfermeira.
– Vou dar uma olhada nele, Anita.
– Pergunta pra ela – disse Juca Barbosa.
– Perguntar o quê?
– O mestiço.
Malô voltou-se para a enfermeira:
– E o mestiço?
– Não resistiu.
– Pode ir, Anita, vou já dar uma olhada no garoto. – Ela saiu.
O médico despejou um pouco de burbom no copo de plástico e tragou o conteúdo num único gole. Levantou-se da cadeira.
– Vamos lá, delegado, tenho que tratar o garoto e preparar um atestado do óbito. A morte da última versão. – Sorriu.
O delegado não se moveu da cadeira. Malô ainda aguardou na soleira da porta que ele o seguisse e então saiu.

. . .

Noite. Ela diz:
— Todos nascem da terra, todos os ventres nascem da terra, e todos acabamos da mesma forma. Não é assim?
A voz é insegura. "Não é assim?" Pergunta porque não está segura.
— Se não houver ventres para todos, pergunto, se por um acaso, por algum desequilíbrio, nascerem muitos e, sobretudo, se muitos forem estéreis, como será? Se faltarem ventres, como será? Não se acaba? Definha-se para sempre? Não se acaba, nunca se acaba?
Ela pergunta mais:
— Por que não entendo quando me falam? Às vezes entendo, às vezes não entendo. Mas não entendo as palavras da mesma forma. Entendo quando me olham, entendo quando eu olho. Entendo quando vejo as caras, entendo um olhar. Assim, entendo. Em pedaços, uns escondidos, outros menos. Entendo por comparação entre um rosto e outro, e entre um rosto e o meu. Esta teoria eu entendo, a teoria dos rostos, a teoria das comparações.

Noite. Tudo era uma teoria. Ela perguntava se isto ou aquilo era uma teoria. Talvez porque não houvesse uma tradição ou talvez porque ela não sentisse uma tradição, precisava armar uma estrutura para entender. Tudo era uma teoria. Qual era seu passado? Eu não sabia, ela mesma não sabia.

Dia. Perseguição a uma mulher. São muitos a persegui-la. Conseguem dominá-la. Deitam-na. O rosto vazio e calado vira para um lado, recebe a poeira quente empurrada pelo vento. O ventre aberto seca ao sol.

Noite. Um pesadelo a persegue: ela está na varanda quando um grupo de refugiados, fugidos das cercas, invade a casa. Levam-na, a ela e a outras mulheres. Há falta de ventres, e elas são a solução. São abertas pelo desespero, como se fossem férteis. Depois, estéreis, abertas e estéreis, agonizam ao sol.

Noite. Refugiados. Buscam refúgio? Quem disse? São refugados, isso sim. Vivem do outro lado das cercas. Eufemismo: estão cercados, isso sim. As cercas que fazem o perímetro das terras criam os campos de concentração. Que são grandes espaços abertos onde a circulação é livre, a qualquer hora, de onde se pode sair a qualquer hora, para qualquer lugar. Não se pode é entrar. Um dia eles entram, empurrados pelo deserto, soprados por redemoinhos. A menos que se invente uma teoria onde caibam todos e suas mazelas, como garantia de paz. Ou isso, a teoria, ou a invasão. Outra hipótese: a teoria escrita pela invasão.

Noite. Refugados, usados, hoje sem serventia. Ela tem medo, ela sabe que o tempo corre contra ela. O medo que ela sente é excepcional.

Abriu a porta devagar e com cuidado. A sala estava vazia. Encostada à janela, estava a mesa de madeira, os papéis que ele havia deixado, como os havia deixado, em desordem aparente.

– Por que veio?

Ele se voltou e não conseguia vê-la numa parte da sala que a luz não tocava ainda.

– Estou aqui – disse ele.

Bárbara insistiu e voltou a perguntar sem se mover do lugar em que estava:

– Por quê?

Ele se virou e caminhou lentamente até a varanda coberta, por onde entrava a luz e onde haviam ficado seus papéis.

– Vim buscá-los – mentiu.

– Se servissem para algo, não os teria deixado ou não os teria abandonado por tanto tempo.

– Estão como os deixei. – Mais uma vez, ele ensaiava o diálogo de forma oblíqua.

– Eu não os toquei e ninguém mais entra aqui. Por que veio?

Ela havia se adiantado e recebia a luz morna da manhã.
– Vim atrás de uma teoria.
Ela abaixou os olhos e ele passava a dominar a situação. Aproximou-se dela; ela recuou e desapareceu, protegida pelas sombras que ainda viviam na sala. De onde estava, sem ser vista, ela disse:
– Você brinca comigo.
– Pelo contrário.
– Ninguém percorre o caminho que sai do povoado, enfrenta os perigos da madrugada para chegar até aqui, por causa de uma teoria.
– Estive na taberna a noite toda. – Era verdade, mas não explicava nada.
– Por que veio? – Ela insistia.
– Queria ver você.
Ela se expôs à luz:
– Estive nas cercas, aproximei-me o mais que pude.
– Não devia ter feito isso. Além de perigoso, é proibido.
– Ninguém me viu. Fui por uma trilha abandonada. Não encontrei nenhuma patrulha pelo caminho.
– Há rumores por toda parte, falam em rebeliões em vários campos.
– Acho que ainda estão controlados, que ainda há força para mantê-los. Mas tenho muito medo. Quando o inverno chegar, quando as chuvas começarem a cair com força, não haverá quem os detenha.
Ela falava e à voz, cheia de incertezas, havia que acrescentar bem definidos sinais de pavor.
– Que tem a ver a chuva?
– Quando as águas começarem a gretar a terra, quando as águas fizerem o trabalho de abrir a terra para descobrir os novos, os que deveriam nascer, o desespero vai gritar mais forte. Será a evidência da tragédia. Não há novos; há nada, há o deserto. O deserto será descoberto com as chuvas.
– Há estudos para reverter a situação.

– Ugarte lhe disse?

– Ugarte disse que a Companhia estava fazendo estudos.

– Não basta fazer estudos, não adianta solucionar o problema algum dia, no futuro. Eu pergunto: e os que estão terminando agora, o que será deles? Acha que o remédio prometido ou anunciado para amanhã vai calar a angústia, o medo, a dor que sentem hoje, porque amanhã haverá remédio para outros? Pergunto: pensa que é honesto marginalizar um, me basta um, não preciso de números pomposos, em nome do que poderá ser o futuro para outros? Com que direito? Uns valem mais, outros menos? Ou se soluciona para todos ou não há solução para nenhum. O resto é escamoteio aritmético, que malabaristas como Ugarte sabem produzir bem.

O repórter pensou que os argumentos que ouvia eram os mesmos que ele tinha formulado a Ugarte, em algum momento, de outra forma. Mas não se revelou. Preferiu dizer, sem convicção:

– Não se pode chegar a todos. É o preço a pagar.

Ela se decepcionou com as palavras dele, mas não demonstrou nenhum sentimento particular. Desfez-se da raiva e disse:

– Talvez, talvez seja assim. Pensei que seria injusto. Eu fui mulher de Ugarte, sabia?

– Eu sei.

– Depois, Ugarte entregou-me ao comandante para facilitar seus negócios.

O repórter ouviu-se dizer:

– Homem taciturno.

– Eu o deixei, apesar de todo o medo que sinto.

– No povoado, você estará segura. No hotel, você estará segura.

– Ninguém está seguro, nada é seguro. As aparências estão acabando, e Porto Amazonas vai deixar de existir. De certa forma, Ugarte entregou-me a você também.

O repórter reclamou com firmeza:

– Eu descobri você quando passava pela rua.

Ela sorriu:
— Ugarte pediu-me que passasse pela rua. Depois, foi também ideia dele que eu o encontrasse no armazém quando comprava papel para escrever.

O repórter mostrou-se indignado:
— Ugarte já tinha ido embora no navio da tarde.
— É verdade, mas, antes de partir, ele me disse o que devia fazer.
— Por quê?
— Para que o fizesse escrever. — Bárbara abaixou os olhos.

O repórter aproximou-se dela, abraçou-a:
— Para que me inspirasse a escrever.
— Não, para que o instigasse a escrever.

Ouviu-se um ruído, como se fosse uma explosão seguida por suas reverberações.
— As chuvas estão chegando — disse o repórter.
— Tardam mais alguns dias. As colheitas não foram feitas.
— Há muita preparação?
— Por toda parte. É a época do começo e do fim, dos que começam e dos que terminam, é a época do jogo, o fim das festas.
— Tentei conseguir autorização para chegar a alguma aldeia.
— Vão negar.
— Negaram.
— Por outro lado, o que espera encontrar?
— O que estiver acontecendo, as festas.
— Não basta olhar, são festas de vida, para iniciados.
— Consegui uma indicação, uma espécie de mapa para fazer o caminho.
— É a minha vez de lhe dizer que é uma aventura perigosa. Os caminhos estão vigiados.
— Serei cuidadoso.
— Se o pegarem, o castigo é terrível.
— Quero jogar o jogo.

Ela sorriu:
— Não basta querer jogar o jogo, é preciso ser jogador.

– Quero jogar.
Ela se aproximou dele, pegou-lhe as mãos, virou-as com ternura, examinou-as à luz do dia que entrava e disse:
– Não são mãos de jogador.
– Como assim?
– O jogador tem as mãos calejadas, a pele grossa, curtida e ao mesmo tempo sensível, como se as tivesse em carne viva.
– E que mais?
– É preciso ter o olhar cortante, separado de toda imaginação, para interpretar as insinuações que se manifestam na bola do jogo. É necessário suportar as agruras da incerteza.
– Venha comigo.
Ela não parecia ter ouvido o pedido:
– As aparências estão terminando.

A chuva desabava. Da janela do quarto, o repórter não conseguia ver muito longe através da muralha de água que se recompunha a cada instante. A manhã terminava, o dia parecia ter ficado apenas entreaberto. Bem cedo, todos os hóspedes do hotel tinham sido avisados de que o toque de recolher iria se estender por todo o dia até segunda ordem: ninguém podia circular pelas ruas. Durante a noite, ocorrera um motim num dos campos de refugiados mais próximos, e a situação estava fora de controle. Corriam rumores sobre a iminente invasão de Porto Amazonas pelos refugiados.

O repórter examinava o desenho que lhe haviam entregado, em verdade um mapa tosco de Porto Amazonas com indicações de como sair do perímetro urbano. Calculava o tempo que levaria caminhando. Quem lhe entregara o mapa garantira que seriam umas três horas de caminhada. Ele olhava a chuva e apostava em mais tempo. O mapa indicava as trilhas a seguir para evitar os postos de controle de circulação. O que o mapa indicava eram os postos regulares. Com a vigência do estado de sítio, a coisa mudava, o controle seria maior, com patrulhas nas ruas. O perigo era grande, mas a hora de pensar no perigo havia passado. Se arriscasse, se conseguisse vencer as barreiras, chegaria para assistir ao jogo. Afastou-se da janela, desceu ao térreo, esquivou-se de alguns hóspedes que procuravam informações na portaria e saiu para a rua por uma porta lateral, usada pelo serviço. Caminhou rente às paredes, dobrou esquinas com cuidado, atravessou ruas agachado e foi se afastando do centro. Encontrou uma patrulha e assustou-se quando viu os vultos pesados e armados aparecerem por trás da torrente de água. Não o viram, e ele conseguiu recuar até um pórtico vazio, onde se escondeu.

Voltou à rua e em pouco tempo estava num caminho sem casas dos lados, uma senda aberta que serpenteava a paisagem recortada por pedras e pouca vegetação. A chuva continuava a cair com força, e a caminhada se tornava mais difícil, a vereda mais íngreme.

Três horas depois, chegou. Entrou em um galpão retangular de madeira, teto alto e inclinado e chão de pedra. A luz enfumaçada chegava do fogo que ardia em várias bacias no chão. Um perfume úmido, que lembrava o da madeira domesticada e ao qual havia que acrescentar alguns outros odores, apoderava-se do ar. Podia ver ao fundo o grupo de mulheres da parcialidade, férteis, as formas arredondadas dos corpos, os movimentos alegres, as brincadeiras pontilhadas por risos.

Os homens estavam em volta do tabuleiro de pedra, sentados no chão. Ao lado, sobre um pequeno estrado, ficava o narguilé que eles fumavam. A fumaça amarela e branca filtrava das bocas e narinas, subia em rolos, abria-se, perdia consistência e se estendia pelo ar, que ajudava a penumbrar.

A bola áspera era rolada com a palma da mão, com carinho sobre o tabuleiro, em turnos, por cada um dos dois jogadores. Um e outro sentiam na pele a textura que lhes caberia dominar e dirigir. Em volta dos homens, uma audiência em semicírculo postava-se em pé. Os rostos recebiam a luz humorosa que pulsava de um braseiro de grande porte, colocado a um lado dos jogadores, de tal forma que estes se interpunham entre ela e os espectadores.

Em silêncio, os dois jogadores se olharam, olhos nos olhos. Depois, se curvaram, cumprimentando um ao outro. Cada um pegou a pequena vara de bambu que, por tradição, até aquele momento devia estar metida no estojo de pele da cintura. E então começou o jogo: os jogadores, sentados em posição ereta, mantinham o braço direito solto, caído ao longo do corpo. O braço tremia pela ação da mão que, nervosa, batia a vara de bambu no chão. Eram golpes rápidos, e o ruído cadenciado das duas varas crepitava com distinção por cima do murmúrio pesado da chuva. Sobre o tabuleiro, nada acontecia, a bola permanecia imóvel no centro. Os espectadores estavam atentos. O repórter olhava a audiência e olhava na direção dos jogadores. Buscava estabelecer alguma relação. Ninguém desviava os olhos do tabuleiro e da bola. Os jogadores aumentavam o ritmo das batidas sobre o chão. A bola pareceu querer se mexer, tremeu. Depois, de forma visível, movimentou-se, rolando na direção de um dos lados do tabuleiro. Parou, ia retomar o movimento, mas uma força superior fez que recuasse e ela rolou na direção oposta. Cada jogador procurava mover a bola para longe, rechaçá-la de encontro ao lado do tabuleiro do oponente. Empurravam a bola sem nunca a tocar. A plateia reagia e era sensível o encanto.

A bola hesitava, punha-se a rolar numa direção, mudava de rumo, parava, rodopiava e refazia o caminho de volta. O repórter olhava os jogadores. A expressão de concentração não permitia que ressaltassem as diferenças, e os rostos, ocupados com uma só coisa, se equivaliam.

A bola deslizava indecisa entre duas vontades. Aí, ensaiou uma quase elipse, parou, rodou, voltou e recomeçou seu traslado de fuga ou de aproximação.

Então a bola afastou-se de vez de um dos lados e foi tocar o lado oposto.

O perdedor inclinou a cabeça, a plateia irrompeu em gritos. O outro jogador levantou-se exultante, recebeu com força a luz do braseiro, que marcou seu porte, e foi levantar o rival, que permanecia como uma sombra no chão. O jogo tinha seu vencedor.

O repórter voltou o corpo para abandonar o lugar que tanto lhe lembrava Bárbara. Seria possível dizer não às intuições cifradas e incompletas da própria dor?

No hospital, o velho também lembrava um dia de jogo. Revia o homem entrar pelo espaço deixado aberto pela porta de correr. Atrás dele, via-se cair a água que a luz do braseiro chegava a iluminar em parte. O homem recém-chegado tinha um ser envolto nos braços. Retirou os panos que o cobriam. O pequeno corpo parecia adormecido, sem movimentos. Era visível seu estado terminal. Não devia ter mais do que uns cinquenta centímetros de tamanho. O homem perguntou:
– Há lugar?
Kishor respondeu, olhando o corpo envelhecido que o outro carregava nos braços:
– Onde estava?
– Uma légua rio acima, abandonado.
– Maldição. – Acenou para o fundo do galpão, e uma mulher se aproximou. Tomou o corpo diminuto dos braços do homem, acariciou-o, levou-o contra o peito. Perguntou ao recém-chegado:
– Passou pelas cabeceiras?
– Não, não cheguei até lá, mas ouvi o rumor das águas, bem maior que das outras vezes.
– Muita água?
– Muita. A terra está com gretas profundas, já se pode ver algum movimento.
Kishor espantou-se:
– É cedo.
O homem concordou com a cabeça:
– É a primeira vez que vejo a chuva agir assim.
– Viu alguém?
– Movimentos, apenas movimentos.

– Inundações?
– Não, o rio subiu, mas continua no leito, corre forte. – E acrescentou com um sorriso: – Nada bom para navegar.
– E quem navegaria?
– O barco passou no começo do inverno, subia o rio.
– Malditos.
O homem alterou a voz:
– Subiam o rio, mas não ficaram em nossas terras.
– Passaram por nossas terras hoje. Um dia vão ficar nelas.
– Por que haveriam de ficar nelas?
– Por causa da maldita estrada de ferro. Aconteceu com outras parcialidades.
– O progresso chegou às outras parcialidades.
– Não quero esse progresso.
O homem olhou em volta:
– Talvez seja apenas uma opinião sua. Os outros, que pensam os outros? – Olhou de novo para o jogador e concluiu: – Eu quero o progresso.

A mulher estava deitada sobre o chão de terra. Deixou que o pequeno corpo ficasse sobre o ventre. O ventre estava distendido, como uma camada de argila molhada coberta por uma fina película de pele. A mulher colocou as mãos sobre as costas frágeis em sinal de proteção: resguardado pelos dedos entrelaçados, ele parecia dormir. Não tinha movimentos, apenas respirava. Um sobressalto o despertou. Um sonho profundo ou seria apenas um reflexo? Foi uma contração brusca, do corpo inteiro. Estirou-se, mas voltou a ficar imóvel.

Pouco depois, movia a cabeça de um lado para o outro sobre o ventre da mulher, talvez repetindo um imperativo ancestral. Mexia os braços, as pernas, retorcia-se, agitava-se aos poucos. A mulher retirou a mão protetora, descansou os braços ao longo do corpo, espalmou as mãos contra o chão. Em cima do ventre, as mãos pequenas buscavam a pele macia, sem coordenação. As mãos abertas batiam o ventre, os dedos procuravam por instinto to o ponto de concentração. A mulher fechou os olhos, contraiu o rosto, preparando-se para o momento de dor. Os pequenos dedos agitados raspavam a pele do ventre. A pele foi cedendo, esgarçava-se aos poucos, abria-se a ferida prevista. Tinha início o processo de absorção natural.

. . .

Ninguém se aventurava a sair durante os meses de inverno, porque chovia, e as chuvas eram consideradas perigosas. Era tabu. E qual o sentido da proibição? Preservar a terra, deixar que ela desse seus frutos em paz. À terra somente se entrava na primavera, quando ela já havia frutificado.

Manhã. Me dizia o velho:
– Naquele inverno, as chuvas tinham sido fortes. Havia muito trabalho, muitos tinham nascido. Cem? Talvez mais. Por perto, nasceu uma mulher, ajudei a puxá-la quando ouvi seus gemidos e a encontrei. Depois, fui subindo em direção ao rio, onde meu instinto me assegurava que iria ter com um grande número deles, nascidos e nascituros. Foi então que vi o navio.

Noite. Ainda o velho:
– Nos últimos dias do inverno, começamos a subir o rio. Foi uma viagem longa e perigosa, e as águas estavam fortes pelas chuvas. A prudência teria recomendado esperar mais alguns dias, mas a Companhia estava impaciente e queria tomar uma decisão rápida. Tínhamos que subir o rio, fazer um levantamento das terras e concluir, por amostragem, sobre a viabilidade da empreitada. Uma estrada de ferro consome muita gente. À medida que subíamos, as águas do rio ficavam mais escuras e essa era a evidência de que entrávamos nas terras da minha parcialidade. Eu as reconhecia. Numa tarde, passamos pela aldeia. Não se pode vê-la desde o rio, porque há um pequeno morro que esconde sua visão. Mas eu sabia que estava ali. A partir daí, as margens ficavam mais estreitas, e entrávamos em terras que eu desconhecia. Sabia por tradição que elas existiam, mas eram terras virgens, reservas para o futuro. A camada mineral era muito espessa e as chuvas só conseguiriam penetrá-la em muitos anos. Fui o primeiro dos meus a pisar nelas. Um dia, no acampamento, Ugarte me interpelou:

"Não parece um deles."

"Sou um deles."

"Mas não se importa de que entremos em suas terras."

"Ugarte, as terras são minhas, do meu povo. Eu estou entrando nelas."

"Mas está a serviço da ferrovia."

"Vocês estão a serviço da ferrovia, eu estou a serviço dos meus."

Ugarte fez uma pausa e disse na intenção de me perturbar: "Não parece incomodado com o método de lavagem artificial."

Eu quis mostrar que aquilo não me incomodava mais. Procurei responder:

"O método é apenas uma imitação do que a chuva faz. A diferença é que a chuva leva anos, séculos, para desbastar a terra, e nós podemos fazer em dias ou semanas o mesmo trabalho. Nosso território é imenso, precisamos encurtar caminhos, queimar etapas. – Fui me entusiasmando. – Se estão prontos para nascer, que venham. Tudo o que vai nascer agora nasceria um dia. É apenas uma questão de tempo. Quero ver meu povo ocupando todo seu horizonte, quero vê-lo crescer. Que trabalhem para a ferrovia um tempo? Que importa? Eles voltarão para as suas terras, serão de suas terras, é apenas uma questão de anos para sermos a grande nação que seremos."

Sou explorador. Sabia por instinto onde procurar e onde encontrar. Caminhávamos sobre a terra, e eu sabia escolher a direção correta. Todos me seguiam, uma caravana de carregadores, técnicos e comerciantes. Não era fácil ouvir alguma coisa em profundidade. A terra tem sempre ruídos que perturbam, a água que corre por baixo, deslizamentos ou pedras que racham e quebram bem no fundo. Não é fácil ouvir. Mas eu sabia, pela cor da terra, pelo cheiro, pela maneira como eu sentia a terra quando caminhava sobre ela, eu sabia o que ela guardava. Depois, deitava sobre ela, colava o ouvido e podia ter certeza do que ela guardava.

Noite. E o velho continuou, misturando agora o tempo da conversa com o da época da lembrança que contava:

Os resultados não são animadores. Hoje faz um mês que começamos nosso trabalho, e não encontramos muita coisa, muito menos do que eu esperava. Estamos longe das metas. Estou marcando os pontos onde se deve cavar. Esses pontos, os que marquei até agora, são locais seguros, não tenho dúvidas sobre eles. Mas vejo-me obrigado, a partir de agora, a também marcar aqueles pontos que suspeito sem poder assegurar. É cavar e descobrir. Paciência. Há nervosismo. Não temos muito tempo. O verão ainda demora, mas acaba um dia, e conheço a violência das chuvas nesta região. Faz muito calor, as terras são de uma beleza extraordinária. Para abrir a terra, trazemos água dos rios próximos. É um trabalho de grande esforço. Homens vão e vêm trazendo água. Sim, eu trago o progresso acompanhado por um punhado de homens, a maioria de minha própria parcialidade. Talvez não entendam o que fazem. Vão entender. Por enquanto, confiam em mim. Nada é muito planejado. O acampamento principal toma forma. Teremos todos um abrigo quando as chuvas chegarem. Hoje, festa: nasceu uma mulher. E porque ninguém tinha ainda pensado em dar um nome a este acampamento que cresce, resolvemos que Amazonas será o nome: Porto Amazonas. Ela nasceu bem e vai ser uma linda mulher. Foi então que vi o navio.

O repórter estava exausto. Quando percebeu que, como havia alertado o médico, o corpo, que apenas respirava, tinha os últimos espasmos de vida, ligou o gravador, ficou atento às múltiplas conotações de cada frase e palavra. Foi fazendo apontamentos de cabeça, foi escrevendo, por memória e imaginação. O velho, a última testemunha dos fatos ocorridos, soltava-se da vida, deslizava rumo ao silêncio:

– Com o tempo, mudei de ideia. Descobri meu engano, rompi com Ugarte. Posso dizer que fui um dos fundadores de Porto Amazonas.

. . .

Tadeu estava sentado na única cadeira que havia na sala além da poltrona de Juca Barbosa, posta do outro lado da mesa. O delegado não estava na sala, mas o plantonista lhe dissera que chegaria em seguida e que pedira a Tadeu que o aguardasse ali. A chuva caía forte, e o ruído que fazia ao cair era o cenário sobre o qual se projetavam todos os acontecimentos do mundo. Ao entrar na delegacia, Tadeu observara com atenção o grupo de pessoas na calçada do outro lado da rua. Agora que voltava a vê-lo, parecia reunir as mesmas pessoas da outra vez. Perguntou-se como faziam para aguentar a espera. Estariam acostumados, com certeza. Era gente que sabia esperar e talvez não tivesse nenhuma outra ocupação no mundo a não ser esperar. A ideia de um grupo de pessoas que só fazia esperar, a vida toda, seduziu-o. Escreveria sobre isso, ou melhor, deixaria a presença de pessoas esperando sem fim no texto que preparava sobre a construção da estrada de ferro. Anotaria a ideia para utilizá-la mais tarde, para utilizá-la quando conseguisse abandonar este inferno ao qual estava condenado pela chuva e pela falta de um avião.

Tinham lhe dito que o avião talvez chegasse em mais uns dias. Na estação das chuvas, acontecia, às vezes, a reversão. Não ocorria todos os anos, mas estava com cara de que ia ocorrer agora: as chuvas paravam e o sol chegava mesmo a se mostrar radiante por uns dois dias. Depois, as chuvas voltavam, com a mesma brutalidade. Se houvesse a reversão, o avião poderia chegar, e ele estaria livre para voltar para casa.

– Vou prendê-lo – disse o delegado Juca Barbosa, que acabava de chegar.

Tadeu se assustou. Virou-se na cadeira enquanto o outro ia sentar na poltrona.

– Que história é essa?

– Não é história. Vou prendê-lo pelo assassinato de Ugarte. Você e a mulher dele mataram Ugarte.

– Você está louco.
– Tenho provas.
– Que provas?
– Estive em seu quarto de hotel, revirei seus pertences. Não se preocupe, agi com autorização judicial. Encontrei os bilhetes.
– Os bilhetes de Maira não provam nada.
– Provam que vocês eram amantes ou que são amantes.
– Eu fui amante de Maira, sim, mas não matei.
– Vocês eram amantes.
– Fomos amantes, não somos mais.
– Ugarte descobriu e tentou matar você.
– Ugarte nunca descobriu. Acho mesmo que nunca quis descobrir.
– Por que diz isso?
– Pelo pouco cuidado que Maira tomava. Ela não esperava Ugarte sair para muito longe. Ele não precisava viajar e ir até a fazenda. Acho que Maira sabia que Ugarte não se importava. Não era ele que ela temia.
– Vocês mataram Ugarte quando ele descobriu.
– Estou lhe dizendo que não e estou lhe dizendo que não creio que Ugarte se importasse com as andanças da mulher dele. Maira não temia Ugarte.
– Você está preso.
– Por ter sido amante de Maira? Você também foi, delegado. E acho que está perdendo o juízo por aquela mulher. Mas ela não lhe pertence. Nem a você, nem a mim, nem a Ugarte. Há outro na cama de Maira. – A voz de Tadeu era desafiante: – Acho bom dar um pulo na casa e dar uma olhada.
– Você está preso.
– Posso ficar preso uns dias, mas serei solto por falta de provas e porque não tenho nada a ver com o caso. Vá lá, delegado, vá dar uma olhada na cama de Maira.
Juca Barbosa procurava se conter:
– Quem é?
– Não é você, não sou eu, não é Ugarte.

– Vou prender você, Tadeu. Pelo menos até esse seu maldito avião chegar. Vou manter você trancado.
– Eu não matei Ugarte.
– Não faz diferença. Por aqui não faz muita diferença. Tenho argumentos e quero que você se foda, juro, quero que você se foda. Até a porra do avião chegar.

...

O repórter estava com o rosto suado e com barba despontando. O cargueiro navegava por um canal estreito do rio, as águas tinham uma coloração avermelhada pela grande quantidade de areia que o vento carregava das margens. O capitão chegou perto e perguntou:
– Qual é seu interesse nesse caso?
– Sou escritor.
– Declinou-me a profissão, não o interesse.
– É verdade; estou preparando um livro sobre a decadência da parcialidade.
– Chama de parcialidade o grupo?
– São uma parte do todo.
– Entendo, um memorial para as gerações futuras.
– Algo nesse sentido. Por outro lado, temo pelo futuro de muitos. Os desertos são uma realidade e invadem o planeta.
– A terra não suporta o uso que se faz dela.
– Estava lá quando houve o ataque?
– Sim.
– Dizem que foi terrível. Fomos avisados, bem cedo, que a situação estava fora de controle. Ficamos no hotel, a grande maioria ficou no hotel. O ataque aconteceu no final da tarde. Chovia muito e ninguém notou a aproximação dos atacantes. A massa em desespero invadiu o hotel, estavam por toda a parte, não havia onde se esconder. Tive sorte, fui poupado ou não me viram. Os outros foram levados, todos, homens e mulheres.
– Aquela mulher que vi na taberna?
O repórter olhou para o comandante:
– A que me acompanhava?
– Posso perguntar?
– É sua vez no diálogo.
– Deixou-a?
O repórter pensou como iria responder. Pensou que a maneira mais simples de retomar a conversa seria dizer ao capitão

que Bárbara tinha ficado porque era de sua natureza ficar. O capitão teria então respondido que entendia aquela resposta e nada mais seria dito. Era uma forma de continuar a conversa.

Mas escolheu outra resposta:
– Seu rosto carregava uma solidão que eu jamais poderia vencer. Ela nunca esteve a meu lado.
– Vi que jogava o jogo com ela.
– O jogo era de sua parcialidade, ou assim ela dizia. O jogo foi virando contra mim. Ela tinha magia e começava a viver com ela.
– Pareciam muito unidos.
– O que se pode pensar vendo de fora?
– Entendo. Ela também foi levada?
– Foi levada e cumpriu-se sua premonição ou seu pesadelo.
– Então ela sabia.
– Sabia. O doloroso é saber que foi levada e que não serviu para nada, não serviu para aplacar o pavor dos que não vão terminar porque não dispõem de ventre: ela é estéril.
– Pobre mulher.
– Terá sido abandonada, marginalizada, e ela tampouco terá um ventre para acabar. Não sei se Bárbara terá um fim muito pior que a vida mesma. Na vida ela também lidava o tempo todo com a incerteza, o tempo todo ela não sabia, o tempo todo ela sofria por não conseguir ler o mundo a sua volta. Nem sabia quem era, nem entendia o que os outros lhe diziam. Vivia na simplicidade terrível de uma espécie de escuridão permanente. Para ela, o parco entendimento se fazia por aproximação, por comparação. Ou seja, tinha sempre uma compreensão precária da vida, o que impedia que fosse alguém capacitado a se defender, a enfrentar a maldade dos outros e os desastres do caminho difícil que lhe tocou ter por aqui. Por isso, ela me falou um dia de uma tal teoria dos rostos, que era mais ou menos como explicava seu método de lutar contra o desconhecido. Em suas palavras simples e diretas, me disse que, para ela e as outras vítimas da violência contra o ritmo natural da terra avaliarem o que alguém dizia, o único

caminho era comparar as expressões do rosto de quem falava com as do rosto de quem ouvia. Segundo ela, era uma forma de compreender, de separar a verdade das falsidades, de encontrar as informações escondidas na hipocrisia, na violência e no descaso. Entendia que a chave da compreensão estava na apreensão das diferenças entre o rosto dela e o dos interlocutores. Como, não me pergunte. Estou repetindo o que ela me disse. Só sei dizer que esse método, essa aplicação da tal teoria nunca lhe serviu para acalmar a angústia de viver, nunca foi suficiente para trazer um pouco de paz ao coração de órfão, de desamparado. Era apenas uma forma de reagir, para que não se sentisse morta antes da hora.
– Curiosa maneira de encarar a realidade.
– Pode ser e me parece que essa maneira de encarar a realidade não era só de Bárbara, era um traço de sua parcialidade.
– Como assim?
– Não tenho certeza. Certa vez ela me disse: "As palavras podem ser falsas, o desejo pode mentir, mas a expressão de um rosto repõe o que se quer esconder ou falsear. Podemos não saber muitas coisas do mundo das companhias e seus negócios, mas pelo menos temos uma forma de garantir uma leitura comum a nosso povo". A teoria dos rostos, parece, representaria o conhecimento possível da alma do outro a partir da expressão visível.
– Acredita nisso?
– Não sei se é matéria de fé. Acho que é assim que as coisas são.
O capitão olhou na direção da proa e disse:
– Vai chover.
– Tempo de chuva, tempo de bonança.
– Tempo de chuva, tempo de esperança.
O repórter fechou os olhos, concentrou-se.
– As chuvas são ácidas e perigosas, podem matar. São um tabu.
O capitão virou-se surpreso para o repórter e perguntou:
– Como?
O repórter sorriu:
– É uma teoria. Para preservar a terra e deixar que ela dê seus frutos em paz.

∙ ∙ ∙

Malô disse:
- Você está se metendo numa puta encrenca.
Depois bebeu um gole do Jack Daniels.
- Você diz isso pelo jornalista ou por aquele bando de gente na porta da delegacia?
- Pelas duas coisas.
- Já está tudo decidido e conversado.
- Está mesmo?
- Olha, doutor, aquele pessoal não vai sair da porta da delegacia. Eles querem receber notícias da índia e vão ficar lá até o fim. Até o fim, não. Eles devem estar desconfiando que a gente tá mentindo pra eles. Devem estar fazendo os cálculos deles. Devem estar preparando o espírito para tomar satisfações. A qualquer momento, atravessam a rua.
- E invadem a delegacia, você diz?
- Invadem, quebram, botam a gente pra correr.
- Acha mesmo?
- Já viu um elefante de circo?
- Porra, há tanto tempo não vou ao circo – riu Malô.
- O elefante de circo fica preso por um barbante amarrado à pata de trás. Fica quieto porque não sabe a força que tem. Se soubesse, ia embora e carregava o circo inteiro com ele.
Malô deu outra risada:
- Belo exemplo.
- Então tem que matar o elefante antes que ele acorde.
- Vai matar aquele pessoal?
- Todo o pessoal não, mas alguns, os mais valentes, os que mandam. Esses tem que matar.
- Um tiro na cabeça de cada um, do outro lado da rua. – Malô parecia achar graça e não acreditava na conversa do delegado.
- Não, um tiro na cabeça não resolve. Tem que ser na cara, em casa, na frente da família. Um tiro de escopeta na cara. Já viu o que faz um tiro de escopeta na cara de um homem, doutor?

– Desmancha a cara.
– Pois é, faz a cara voar em pedaços. O sujeito fica sem cara, não pode nem ser velado direito com o caixão aberto.
– Você não vai fazer isso – disse Malô ainda sem dar crédito às palavras de Juca Barbosa.
– Os amigos, os parentes ficam impressionados. É muito pior que apenas matar.
– Você vai sair disparando tiros de escopeta para amedrontar o pessoal? Tá bom.
– Eu não vou sair dando nenhum tiro. Os pistoleiros é que vão fazer o serviço.
– De casa em casa.
– De porta em porta, serviço em domicílio.
– Vai matar quantos para assustar o bando?
– Uns sete.
– Vai mesmo?
– Não tem outro jeito.
– Vai lá falar pra eles que a índia morreu.
– Vou falar que a índia morreu: *Olha, gente, a índia amiga de vocês está morta. Infelizmente.*
– O *infelizmente* ficou bem.
– Mas eles não vão achar graça.
– Você está se metendo numa puta encrenca, delegado.
– Vou acabar com esses vagabundos.
– Estou me referindo ao jornalista.
– Estou nada. Quer saber de uma coisa? Estou me equivocando, isto sim. – Agora era a vez de Juca Barbosa sorrir: – Estou me equivocando, doutor. O ser humano não pode se equivocar? Pois então, eu estou me equivocando. Estou me equivocando e depois vou reconhecer meu erro. Espero a chuva parar, espero o avião chegar e ponho o filho da puta a bordo. Reconheço o erro com minhas desculpas.
– Você está sacaneando a imprensa.
– Foda-se a imprensa.
Malô sorriu:

– Você acha mesmo que Tadeu matou Ugarte?
– Quer mesmo saber?
– Estou perguntando.
– Acho.
– E vai soltá-lo?
– Acho, mas não tenho provas. Acho que ele matou ou ajudou ela a matar. Não tenho provas, então a coisa vai ficar por isso mesmo.
– Não tem uma visão muito otimista do futuro ou mesmo do seu cargo.
– Meu cargo?
– Seu cargo, sim.
– Eu sou o delegado, doutor.
– Cargo de respeito.
– E é mesmo, mas tem que falar grosso para manter o respeito.
– Às vezes, o pessoal não respeita.
– Tem que dar muito safanão, tem que dar porrada, tem que dar tiro.
– Tem que dar cacete, mesmo.
– Doutor, você fala isso, mas não acredita.
– Eu acredito sim, não estou de acordo, não gosto, mas as coisas se fazem assim por aqui.
– Isto aqui é a selva, de verdade.
– Bota selva nisso.
– Se não mostrar autoridade, tá fodido.
– Aqui é a lei do mais forte.
– Do mais forte que aguenta mais.
– É a mesma coisa, o mais forte sempre é o que aguenta mais.
– É nada. Ugarte era forte, poderoso: está morto.
– Assim parece – concordou Malô.
– Parece que Ugarte sumiu. Não é e nunca será uma coisa oficial. A menos que alguém reclame e diga, lá na delegacia, que Ugarte sumiu e queira que a gente investigue. Aí vira um sumiço oficial. Acho que ninguém vai pedir uma investigação, então a coisa morre por aqui.

– Mas acredita que Tadeu esteja envolvido.
– Acredito – o delegado Juca Barbosa atirou à queima-roupa: – Acho que você está envolvido, doutor.
– Eu? – Malô sorria abertamente.
– Você.
– Delegado, você precisa beber alguma coisa.

Juca Barbosa pegou o copo do outro e despejou o conteúdo garganta abaixo:
– Isto é uma merda.
– Já sei, é doce, é coisa de gringo.
– Coisa de gringo mesmo.
– Meu pai era gringo.
– Ensinou mal o que devia e não devia fazer.
– Meu pai gostava disto.
– Devia ser um bosta para gostar disto.
– Eu aprendi com ele.
– Aprendeu mal, já falei. Uma merda de fazer gosto. Fiz uma visita a seu quarto, dei uma olhada nos papéis, sem sua licença. Não sabia que escrevia.

Malô sentiu que corava:
– Delegado, você é um canalha.
– Devo ser.

Malô olhava a chuva, que caía sem força, parecia um véu sobre a rua mal-iluminada:
– Parece que vai parar.
– Parece que vai dar a reversão.
– O avião vai chegar.
– Eu sou uma caricatura no seu livro – disse Juca Barbosa.
– São apontamentos.
– Ugarte está de corpo inteiro.
– Mas ele desapareceu na vida real.
– Não deve brincar com essas coisas. E as terras atacadas, ou melhor dizendo, as terras cercadas, têm a ver com isto aqui?
– Acho que sim, agora ou em algum momento. Acho que sim.

- E Bárbara?
- Que tem Bárbara?
- Quem é ela?
- Ora, delegado – respondeu Malô e mais uma vez se sentia pouco à vontade.– Os papéis são meus, me pertencem.
- Está parando de chover mesmo, aquele avião vai chegar, e eu vou ter que soltar o filho da puta.

Malô encheu-se de coragem:
- Delegado, há muito tempo que Tadeu não se mete na cama de Maira.

Juca Barbosa queria ter tempo para desaparecer ou para sonhar que nunca tinha existido. Vontade irrealizável.

- Você sabe – o delegado Juca Barbosa afirmava o que dizia, o que significava uma derrota sem fim.
- É, delegado, eu sei.

Noite. – Antes que o barco voltasse e porque não havia nada a explicar, fui embora e durante dez anos, mais de dez anos, continuei a ver Ugarte e também o comandante quando eles iam ter comigo, onde eu estivesse, em algum lugar da Terra. Não voltei ao porto durante esse tempo. As terras produziam muito com a lavagem artificial e cumpríamos todos os contratos. A estrada de ferro avançava. Quantos nasceram? Mais de quarenta mil, de minha parcialidade. No começo, éramos um pouco mais de mil. Orgulho, sentia orgulho. No começo, senti muito orgulho. Quando voltei ao porto, tudo havia mudado. O povoado estava abandonado, e o deserto soprava para apagar as ruas, as casas, os armazéns, as marcas de passagem. O hotel estava vazio, aberto, e o vento atacava-o, golpeando-lhe as portas, as janelas, os abrigos informais. Porto Amazonas era uma memória.

O repórter olhava as imagens.
O médico disse:
– As transparências mostram a evolução normal do feto. A primeira foi feita no final do primeiro mês. O feto foi aceito pelo organismo da gestora, sem problemas... Sorte que tínhamos disponibilidade de ventres. Penso sobre o que seria do pobre infeliz em outras circunstâncias. Mas, me diga, já lhe fiz esta pergunta: qual seu interesse neste caso? Esteve com ele por mais de uma semana, gravando o que ele dizia. Até o fim.
– Até que ele silenciou e entrou na etapa final. Sou jornalista.
– Declinou-me sua profissão, não seu interesse.
– É verdade. Estou preparando um livro sobre a decadência da parcialidade Maskoi. Eu sou um Maskoi, como ele era, um Maskoi.
– Entendo, escreve um memorial para as gerações futuras.
– Não tenho muita certeza sobre esse futuro.
– Resgatar o passado não é ter fé no que vem depois dele, no futuro que será presente mais na frente?

– Complicado demais, e no fundo não é assim: que futuro tenho eu, que futuro temos nós, Maskois? Ele teve sorte, foi o senhor mesmo que disse, ele teve sorte porque havia disponibilidade de um ventre para ele. E eu? E os iguais a mim? Somos milhares saídos da terra por causa de uma estrada de ferro, por causa do progresso ou, se quiser, por uma visão determinada de progresso. Tivemos nossa utilidade fazendo número para dar sentido à economia de uma via férrea. Nossa presença permitiu a passagem dos trilhos do progresso. Os barcos passavam, subindo e descendo cursos d'água. Dizer que não existiam, que eram miragens, foi defesa tentada, mas não se engana a todos durante muito tempo.

O progresso passou, vai longe a procura de novas terras e de sentidos renovados. E nós, que somos agora? Milhares, na grande maioria inférteis totais, prematuros, pela pressa com que tivemos que ser arrancados à terra, e isso nos torna miseráveis e marginais. O senhor já andou pelos desertos ou pelos guetos que crescem nos limites de qualquer cidade? Pois vá, caminhe, conheça: não verá grande coisa durante o dia. Mas ouça à noite: todos saem ao abrigo das horas menos quentes. Vai ouvir o lamento sem fim de todos os deserdados da Terra. Maskois, Nivaclés, Ticunas, parcialidades inteiras, gente, indivíduos que nunca vão poder acabar.

O senhor nasceu bem, de forma natural e na hora certa. Quando for acabando, na hora certa terá seu ventre como tem que ser. E não haverá sofrimento, nem angústia, porque o senhor sabe que vai acabar bem. Assim deveria ser para mim, para todos. Mas o ventre que me caberia não existe, porque nasceu estéril, tiveram pressa em fazê-lo nascer, porque a nova geração está vindo estéril. Que acontece? Não acabo nunca. Seremos os pequenos seres dos desertos, condenados a nunca acabar e a queimar sem paz. Diga--me, como médico: quando chegar a minha hora de precisar de um corpo e não ter, sentirei dor?

– Não vejo sentido em se torturar com uma hipótese.

– Hipótese? Para mim não é uma hipótese. Vou morrer a morte mais terrível. Não há esperança para nós, marginais.

Sabe o que é a marginalidade? É a pior forma de solidão, a mais total, a mais definitiva, e, se eu lhe perguntei sobre a dor, foi muito mais para tentar encontrar um cúmplice, um camarada. Mas até na hipótese, e por causa da hipótese, estou só. Sou um Maskoi. Meu livro e meus apontamentos não são para as gerações futuras. São um projeto egoísta, são para mim. São sobre mim, sobre minha terra, sobre meu tempo passado. Quem sabe, meu futuro ao contrário. Ouvi o velho, suas histórias, seus delírios. Ele nos vendeu, acreditava no progresso. Quando se olha para trás, há sempre um começo, mas a verdade é outra. Sinto muito.

• • •

– Você é um bosta – disse o prefeito.
– Cuidado com as palavras. Ainda sou delegado.
– Seus homens deram porrada, bateram feio, deram tiros. Os dois que morreram devem ter sido mortos por tiros da polícia.
– Eu não estava na delegacia, mas o pessoal conta que a coisa ficou feia, o pessoal atacou com vontade.
– E como souberam que a índia tinha morrido?
– Esse pessoal sempre fica sabendo e vem tomar satisfação. Prefeito, a delegacia foi toda incendiada.
– E o doutor Lavais?
– Estava no hospital, atendendo um paciente, operário da estrada de ferro. Me contam que o povo entrou no hospital aos berros, perguntando por Lavais. Quando encontraram, fizeram ele se ajoelhar, fizeram ele pedir perdão, humilharam ele e então caíram de porrada. Foi porrada e porrada, valeu tudo, soco, chute. Bateram com paus e pedras. Precisa ver o corpo no necrotério. Só reconheci por parte das vestes, aquelas calças que ele usava. Não tinha rosto, era só um pedaço de sangue intumescido, só.
– Você é um bosta, delegado.
– Podia ter acontecido comigo, podia ter acontecido com o senhor. Aquele pessoal perde o juízo e atropela e passa por cima de quem estiver na frente.
– Pelo menos aqui, na prefeitura, estamos seguros.
– Acha mesmo? Até quando?
– Já pedi reforços ao pessoal da estrada de ferro.
– O jornalista dizia que a estrada de ferro era uma merda.
– Ele que se foda, ele era contra o progresso.
– Devia ter deixado ele preso. Queimava junto com a delegacia.
– Agora é tarde, parou a chuva e ele foi embora.
– Pois é, a chuva parou. O pessoal volta ao trabalho nas frentes de obra. Delegado, vou lhe dizer uma coisa: a partir de agora, volta a paz e não vai ter mais trabalho na sua delegacia.

— Sempre tem.
— Sim, mas o trabalho pesado acabou por ora.
— A peonada está ocupada, mas sempre tem os vagabundos que invadem terra.
— Mão dura com eles, delegado.
— Fala sério?
— Não podemos permitir a repetição dos eventos de agora. Quem invadir terra tem que sofrer as consequências.
— E a delegacia?
— Vamos reconstruí-la, é o símbolo da ordem.

Juca Barbosa estava aliviado. Respirou fundo. Atreveu-se:
— E Maira?

O prefeito hesitou. Depois disse:
— Delegado, você é um canalha.

I. Teoria dos rostos, DE
JOSÉ EDUARDO ALCÁZAR

É uma brava, formidável e rotunda canoa amazônica, latino-americana, esta que abre a navegação da Categoria nas águas da literatura.

agosto de 2022

Impressão: RETTEC
Papel miolo: PÓLEN BOLD 70 g/m²
Papel capa: Cartão Supremo 250 g/m²
Tipografia: CASLON & GAZPACHO